초록 가죽소파 표류기

# 초록 가죽소파 표류기

제3회 문학동네 대학소설상 수상작

정지향 장편소설

문학동네

"Am I hurt? I'm hurt. I'm sick.
I will never know what makes me happy. Why did you make me?
Why my life never gets easier? I'm hurt. I'd rather die."

I'm crying to show you.
And you came up to me stung my thumbed with a needle
to make my system work again.

You saved me again mom, you fucking saved me again mom.

It's hard to be a daughter of a woman loved by god.
I know who hurts will eventually be punished by god.

_ Puer Kim, 〈It's hard to be a daughter of a woman loved by god〉

# 차례

# 고아의 도시

## 1

요조는 어느새 깨어나 건너편 창을 바라보고 있었지. 그의 눈자위가 붉었어. 이따금 눈을 길게 감았다 뜨긴 했지만 다시 잠들지는 않았지. 곧 종착역인 인천공항에 도착한다는 안내방송이 흘러나왔어. 공항 신도시의 말끔하게 뻗은 길과 새 아파트 들이 창밖으로 스쳐 지나갔어. 우리가 있던 칸에는 사람이 별로 없었어. 맞은편의 나이든 남자는 커다란 캐리어를 다리 사이에 끼고 앉아선 허공을 응시했어. 긴긴 비행을 상상하며 벌써 질려버린 듯한 얼굴로 말이야. 머리 위와 의자 아래쪽에서 에어컨 바람이 뿜어져나왔어. 나는 양팔로 몸을 감싸안았지.

―그래서 어디까지 믿으면 되는 건데.

그래. 그게 요조의 방식이지. 한참이나 입을 다물고 있다가 한시간 전에 나누던 대화를 아무렇게나 이어붙이는 거야. '어차피

너도 그 대화에 얽매여 있잖아' 하는 식으로 생각을 건너짚는데
다가, 사람들이 어려운 말을 하기 전에 으레 비치곤 하는 조심스
러운 기색도 전혀 없었지. 나는 그의 오만함을—또 한번—지적
하고 싶었어. 하지만 언쟁을 시작하기 좋은 타이밍은 아니었지.

—뭘?

나는 비아냥대지 않으려고 노력하면서 물었어. 요조는 대답을
하지 않고 눈을 감은 채 다리와 팔을 쭉 뻗었다 제자리로 돌려놓
았어. 그는 밤새 일을 하고 집에 돌아오자마자 나를 따라나선 참
이었지.

그는 얼마 전 한 방송사의 피디 공채 서류전형에 합격했어. 최
종 합격은 생각도 하지 않는다고 하면서도 감독 모임이며 작문
스터디 따위에 다니기 시작했지. 나는 요조가 당분간 일을 쉬면
서 시험 준비를 하길 바랐어. 그런데 이야기를 꺼내려고만 하면
그 큰 눈을 끔뻑대면서 "그럼 어떻게 해? 돈은 벌어야지" 하며 부
러 멍청한 척을 해대는 거야. 우리는 그 문제로 여러 번 부딪쳤고,
결국 다시 냉전상태로 접어들고 말았어.

요조와 나는 역사를 빠져나와 공항으로 연결되는 무빙워크에
올랐어. 통로를 따라 늘어선 상점들은 푸른빛의 밝은 조명 때문
인지 어딘가 창백해 보였지. 공항에 가까워지자 점점 북적이는
소리가 커졌어.

나는 요조가 더이상 예의 없이 행동하지 않도록 그 문제에 대
해 대답해야 했어.

—소설이잖아. 그냥 캐릭터만 가져다 쓴 거야. 그것도 거의 지

어낸 거고. 나랑 그앤 고작 일주일을 알고 지냈어.

—그래. 너답네. 잘 알지도 못하는 사람을 여기까지 초대하고.

요조는 무빙워크에서 내리며 심상하게 답했지.

입국장은 여행을 시작하고 끝내는 사람들의 달뜬 목소리로 가득차 있었지. 우리는 전광판을 살폈어. 그애가 타고 온 자카르타발 비행기는 삼십 분 전에 이미 도착해 있었어. 마음이 급했어. 우리는 사람들이 밀고 다니는 커다란 카트를 피해 가며 앞으로 나아갔지.

나는 사람들 사이에서 금세 그애를 찾아냈어. 그애는 우뚝 선 채 까만 카디건을 배낭에 쑤셔넣는 중이었어.

—민영.

나는 그애의 뒤로 다가가서 이름을 불렀지.

—그렇게 불리는 거 오랜만이야.

민영이 돌아보며 활짝 웃었어. 그 덧니를 보자 내 마음속에서 빙산 한 조각이 완전히 녹아내리는 것을 알 수 있었지. 민영은 나를 꼭 안아주었어. 그애에게서 옅은 향신료 냄새가 났어.

—반가워요.

민영은 요조를 향해서도 팔을 벌렸지. 요조가 피곤한 기색을 지우고 웃으며 민영을 안아주더군.

## 2

우리는 공항 리무진에서 내려 시내버스로 갈아탔어. 요조는 자리에 앉자마자 다시 잠이 들었고, 민영은 배낭을 끌어안은 채 창밖을 보았어. 그애가 차창으로 보내는 눈길에는 낯선 풍경이 불러올 새로운 일들에 대한 기대 같은 것이 깃들어 있었어. 일곱 시간이나 건조하고 답답한 비행기 안에 머물렀던 사람처럼 보이진 않았지.

나는 이미 노선을 모두 외우고 있는 그 버스의 창밖 풍경을 새삼스럽게 바라봤어. C시는 아직 재개발되지 않은, 한국 도시 외곽 어디에서든 볼 수 있는 고만고만한 시골 동네였지. 버스터미널을 중심으로 형성된 C시의 번화가를 벗어나자 차츰 정거장 간격이 넓어졌어. 왼편으로는 논이, 오른편으로는 오래된 주택들이 드문드문 보였어. 한참이나 그런 길이 이어지고 나서 시장이 하나 나왔지. 그곳이 주택가의 시작이었어. 빌라촌과 아파트 단지, 이층짜리 작은 초등학교를 차례로 지났지. 사람들은 그사이 모두 내렸고, 어느덧 버스 안에는 우리 셋밖엔 남지 않았지.

주택들 사이로 말끔하고 높은 원룸 건물들이 하나둘 나타나더니 점점 늘어났지. 곧 학교가 보이기 시작했어. 나는 요조를 깨우고 정차벨을 눌렀어. 이어폰을 귀에 꽂고 밖을 보던 민영이 뒤늦게 배낭을 챙겨 자리에서 일어났지.

우리는 학교를 향해 나 있는 플라타너스 길을 따라서 걸었어. 앞장선 요조는 고개를 숙인 채였고, 민영은 아무도 없는 그 길을 연신 두리번거렸지. 괴이하리만치 커다란 플라타너스들이 한낮의 햇볕을 촘촘히 막고 서 있었어. 길 양쪽으로 원룸 건물이 빽빽하게 들어선 골목들이 보였지. 버스가 학교를 돌아나가자, 길 위에 떨어진 나뭇잎이 후덥지근한 바람에 흔들리는 소리만이 들려왔어.

—그래. 진짜 '고아의 도시'구나.

텅 빈 골목들을 기웃거리던 민영이 말했어.


### 3


집에서 통학을 하는 건 거의 불가능했지. C시에 사는 몇몇 아이들을 빼고는 대부분 자취를 하거나 기숙사에서 학기를 보냈어. 대학가인 걸 감안하더라도 유난히 자취촌이 넓게 들어서 있는 건 그런 이유에서였어. 학교를 중심으로 뿌리처럼 뻗은 골목골목마다 원룸과 고시원이 맞붙어 들어차 있었지. 늘 자취촌의 한 건물쯤은 증축이나 재건 공사중이었어. 산책을 다니다가 문득 낯선 느낌에 올려다보면 '풀 옵션 신축' 따위의 플래카드를 건 말끔한 원룸 건물이 서 있곤 했지. 자취촌은 등을 맞댄 주택가와는 대조적으로 늘 떠들썩했어.

언제까지나 계속될 것 같던 자취촌의 공사 소리가 멈춘 건 이년 전이었어. 언젠가부터 떠돌던 소문대로 서울 끝자락에 새 캠퍼스가 세워졌어. 학교 홈페이지 메인 화면이 그곳의 사진으로 바뀌었지. 운동장도 없이 달랑 주차장 하나를 사이에 두고 건물 두 개가 마주 보고 서 있더군. 대학이라기보다는 새로 생긴 사립 중학교 같은 모습이었어.

경쟁률이 높은 영화과와 실용음악과의 신입생들이 제일 먼저 서울 캠퍼스로 입학했지. 그곳의 부지를 넓혀서 몇 해 안에 모든 과들을 이전시킬 거라는 이야기가 들려왔어. 여전히 대다수의 학과가 이곳에 남아 있었지만 아이들은 싱숭생숭해했지. '등록금을 내봤자 우리는 다니지도 못할 그 캠퍼스로 모두 간다'는 우스갯소리가 전염병처럼 퍼졌어. 매년 조금씩 오르던 자취촌의 월세도 동결되었어. 더이상 이곳에서는 계절학기도 열리지 않았지.

기말고사가 끝나는 날이면 아이들은 캐리어나 박스에 짐을 넣어 하나둘 거리로 나왔어. 그러고선 학교 운동장과 플라타너스 길목에 늘어서서 그들을 기다리고 있던 부모의 차를 타고 어디론가 사라졌어. 방학 동안 학교를 둘러싼 학사주점과 당구장, 노래방 들까지 문을 닫았지. 자연재해를 입어 폐허가 된 것처럼 텅 빈 자취촌 골목 곳곳에 편의점들만 방공호처럼 덩그러니 남아 이십사 시간 내내 불을 밝히고 있었어. 새벽이면 골목을 돌며 아이들이 내놓은 술병을 주워모으던 할아버지들도 사라져버렸어.

요조와 나는 방학 한가운데서도 그 동네를 어슬렁거리는 애들을 고아라고 불렀고, 거기엔 우리도 포함됐지.

# 4

요조가 방을 가로지르며 자기 옷가지와 책, 노트북 따위를 챙겨들었어. 민영이 그를 도와 물건들을 종이가방에 집어넣었지. 나는 그들을 피하다가 결국엔 방 끝의 싱크대 쪽으로 비켜섰어. 지난밤 요조와 내가 먹고 아무렇게나 늘어놓은 치킨 상자에 날벌레들이 잔뜩 꼬여 있었지. 나는 쓰레기봉투를 꺼내 그걸 통째로 집어넣었어. 벌레들이 봉투 밖으로 빠져나가려고 이리저리 날아올랐어. 탄산이 반쯤 빠져나간 콜라는 단내를 풍기며 싱크대 속으로 빨려들어갔어.

요조는 내 방 건물 바로 맞은편 고시원에 살았어. 하지만 우리가 만나기 시작한 뒤론 대부분의 시간을 내 방에서 함께 지냈지. 그가 내 방에서 잠을 자는 날이 그러지 않은 날보다 많아질 무렵부터 내 철 지난 옷, 이불, 선풍기나 읽지 않는 책 따위를 요조의 방에 가져다두게 되었어. 자취를 하면서 사모았던, 쓰지 않지만 버리지는 못한 물건들을 죄다 말이야. 덕분에 우리가 함께 있는 동안 내 방을 넓게 쓸 수 있었지만, 그 작은 방은 발 디딜 틈 없이 꽉 차 있었을 거야. 요조는 필요한 물건이 있을 때나, 우리가 아주 심하게 싸운 날에만 그 방으로 돌아갔어.

나는 그가 고집을 피우고 있다고 생각했지. 하지만 솔직히 내 방에서 세 명이 지낼 수 있을지 자신이 없긴 나도 마찬가지였어. 직사각형 모양의 내 방에 있는 가구라고는 책상과 책장, 서랍장뿐이었지만 늘 펼쳐놓는 두 채의 이불을 뺀다 해도 빈 공간이 거의 없었지. 뒤를 돌아보니 요조가 이불 아래에 깔려 있는 자신의 트렁크 팬티를 꺼내느라 수그려 있었고, 민영은 내 이불을 밟고 엉거주춤하게 서서 그런 그를 지켜보고 있었어. 그들만으로도 방은 꽉 차 보였어. 맞아. 셋이 지내기엔 내 방은 너무 좁았지. 둘이 지내기에도 좁다면 좁았지만 말이야.

요조는 세탁기에 든 자기의 양말과 속옷을 빼고는 짐을 몽땅 챙겼지. 그건 고작 종이가방 세 개 분량이더군. 그는 마지막으로 현관문 앞에 세워놓은 색소폰 가방을 어깨에 짊어졌어. 그러곤 인사도 하는 둥 마는 둥 하면서 집을 나섰지. 나는 요조를 따라 나갔어. 요조가 계단 가운데 멈춰 서서, 지금은 자고 싶은 마음뿐이라며 나중에 전화를 하겠다고 하더군.

나와 민영은 현관 앞에 멀뚱히 서 있었어. 방 한쪽을 꽉 채운 채 나란히 펼쳐진 요조와 나의 이불이 보였지. 요조가 계단을 내려가는 발소리가 작아지고 작아지고 작아져서 작아진 것인지 사라진 것인지 알 수 없게 될 때까지 민영과 나는 말이 없었지.

—내가 네 남자친구를 쫓아냈네.

민영이 다근다근 말했어. 우리는 마주 보며 피식 웃었지.

민영의 배낭은 이 년 전과 똑같은 것이었지. 여행용이라기보단 조금 큰 책가방 같은 크기였어. 그애는 배낭과 크로스백을 활짝 펼쳐놓고 물건을 하나씩 꺼내기 시작했지. 침낭, 아이패드, 반팔과 민소매 티셔츠가 두 장씩, 긴 바지와 짧은 바지가 각각 하나씩, 그리고 남미 어디선가 샀다는 판초, 스포츠타월과 속옷들, 면봉 한 봉지와 로션과 선크림과 칫솔. 나는 그게 민영이 가진 물건의 전부라는 게 놀라웠지. 그애의 물건들은 아무렇지 않게 방의 풍경에 스며들었지. 생필품이라고 믿었던, 내 방과 요조의 방까지 꾸역꾸역 잠식해가는 내 물건들이 죄다 거추장스럽게 느껴질 지경이었어.

민영은 비닐봉투에 넣어온 옷가지들을 꺼내 세탁기에 넣고, 가방을 뒤집어서 햇볕이 내리쬐는 보일러 위에 놓았어. 작게 말린 침낭도 펼쳐 건조대 위에 놓았지. 오래된 먼지 냄새가 났어.

그게 그애가 어딘가에 도착하면 제일 먼저 하는 일이라고 했지. 나는 문지방을 밟고 서서 세탁기 속으로 세제를 털어넣는 민영을 보고 있었어.

—근데 정말 아무도 못 봤네. 이 동네에 아무도 없는 거야?

—아니. 있지. 지금도 봐.

나는 세탁기로 다가가서 정지버튼을 눌렀어. 물소리가 그치자 어디선가 기타 소리가 작게 들려왔어. 몇 겹의 벽과 창을 거치느라 뭉툭해진 소리였지만 말이야. 나는 창을 활짝 열었지. 소리가 조금 더 선명해졌어. 맞은편에 주르륵 늘어선 건물들이 보였어. 창문이 모두 닫혀 있어서 아무도 살지 않는, 버려진 동네처럼 보였어. 하지만 그 방들 중 어딘가에서 누군가는 기타를 치고, 누군가는 책을 읽고 있었을 거야. 민영과 나는 창에 매달려 확인하듯 창문들을 하나씩 바라보았지. 방안 가득 고여 있던 후덥지근하고 묵은 공기가 창밖으로 나가고, 뜨겁긴 마찬가지지만 깨끗한 바람이 방안으로 훌쩍훌쩍 넘어들어왔어.

여름이었지.

# 물음표 모양으로 굽은 등

1

요조의 서류전형 통과 소식과, 한국에 올 거라는 민영의 연락은 이틀 간격으로 날아들었어.

수업이 하나둘 종강하기 시작하던 때였어. 시험을 일찍 끝낸 아이들은 벌써 학교를 떠나고 있었지. 고아의 도시에서 나야 할 긴 여름을 상상하며 나는 예습하듯 조금씩 더위를 먹어갔어. 팔다리에 힘이 들어가지 않았고, 생각들이 자투리천처럼 아무렇게나 머릿속을 굴러다녔고, 배가 고파도 뭘 먹기는 싫었지. 요조는 학기를 포기한 듯 기말고사도 보러 가지 않고 내내 방 한편을 차지한 채 잠을 자고 있었어.

요조가 나이트클럽 일을 시작한 건 봄학기가 시작될 무렵이었어. 그는 예대에 들어오면서부터 해오던 입시 레슨을 갑자기 모두 그만뒀어. 강습생이 계속 늘어가던 중이었는데 말이야. 입시생 엄마들이 유난을 떨어대는 걸 더이상은 못 보겠다고 했지. 요조다웠어. 나는 기왕 그렇게 된 바엔 요조가 학교를 열심히 다녀서 이번 학기엔 졸업을 하길 바랐어. 요조는 벌써 두 학기를 초과해서 다니는 중이었거든. 그런데 선배 한 명이 소개시켜줬다며 그 일을 하기 시작한 거야. 매일 아침 첫차를 타고서야 집에 들어왔지. 고양이처럼 살금살금 자기 몫의 이불 속으로 기어들어가선 점심시간이 지날 때까지 죽은 듯이 잠을 잤어.

그는 차츰차츰 잠이 늘었어. 한동안은 내가 눈치채지 못할 만큼이었지. 언젠가부터 그는 빅밴드 연습, 학생회 일, 심지어는 매일같이 찾아다니던 술자리에도 소원해졌어. 느지막이 일어나 그저 시간에 맞춰 일을 나가는 것만 중요한 것처럼 구는 거야. 도서관이 문을 닫은 후에 집으로 돌아오면 그는 어느새 일을 나간 뒤였고, 내가 수업에 갈 준비를 하느라 부산을 떠는 아침이면 요조는 벽 쪽으로 돌아누운 채 등만을 내게 보여주었지.

요조는 퇴화하고 있는 것처럼 보였어. 마치 아이처럼 밥을 먹고 잠을 자고 다시 밥을 먹었어. 나는 요조가 한 번쯤은 진지하게 속에 있는 이야기를 해줄 거라 생각했지. 그런데 어쩌다 함께 깨어 있을 때면 요조는 어김없이 나를 안으려고만 했어. 나는 화를 내며 요조를 밀쳐냈지. 요조는 그런 나를 이해하지 못했어. 아니, 이해하지 못하는 척했어. 내가 악을 쓰면 그는 알아듣지 못할 말로 대꾸하다가 다시 자리에 누웠지. 나는 잠들어 있는 요조의 모습을 보지 않으려고 애썼어. 그런 날들이 봄 내내 반복됐어.

여름이 되면서 요조는 더이상 나를 안으려 하지 않았고, 우리의 싸움도 멈췄지. 요조와 나는 사막에 단둘이 남겨진 적군 같았어. 무기도 없이 말이야. 어디로 달아나야 할지 알 수 없었지. 더운 공기 속에서 요조의 무기력이 전염병처럼 옮았어. 어떤 방향으로 걸어가도 언제까지나 같은 풍경이 계속될 것 같았지.


## 2


그날 나는 과방에서 밤을 새웠고, 시험을 보러 가기 전에 샤워라도 할 생각으로 집에 들렀어. 방문을 열자 요조의 잠 냄새가 훅 끼쳤지.

그는 옷을 죄다 벗은 채 잠을 자고 있었어. 그의 등 위로 아침볕이 쏟아졌어. 가까이에서 보니 배와 거기가 홑이불 사이로 빠져나와 있더군. 나는 멍하니 요조를 내려다봤지. 그의 맨몸을 보는 건 아주 오랜만이었거든. 요조는 전체적으로는 마른 편이었지만 계속 밤늦게 술이나 음식을 먹어서 뱃살이 탄력 없이 늘어났고, 그 아래에 발기되지 않은 그것이 초라하게 붙어 있었지. 나는 좀 거북해져버렸어. 요조가 갓 서른을 넘긴 남자라는 걸 새삼스레 깨달아야 했거든.

일을 마치고 돌아와 비밀스러운 일을 해결한 후 곧바로 잠이 든 것 같았어. 나는 조용히 서랍장을 열어 티셔츠를 갈아입었어. 현관문을 닫기 전에 다시 한번 그를 돌아봤지. 요조는 무기력을 이불처럼 덮고서 물음표 모양으로 등을 말고 내게 묻고 있었어.

　나는 수학영재반에 편성되었던 중학교 시절로 돌아간 기분이었어. 어쩌다 벼락치기를 훌륭하게 해버렸던 것뿐이었는데, 풀 수도 없고, 풀고 싶지도 않은 문제 앞에 앉아 다른 애들이 샤프를 딸깍거리는 소리를 들었던 오후들 말이야.

　소설창작론 시험에서 나는 답안지를 몇 번 바꿨어. 한 아이가 처음으로 자리에서 일어났고, 그걸 신호로 답안지를 엎어둔 채 눈치를 보던 아이들이 우르르 따라 일어섰지. 그애들은 저마다 가방에서 소설을 꺼내 제출하고 강의실을 나갔어. 나는 가장 마지막으로 자리에서 일어났어. 젊은 강사의 책상 위에는 답안지와 소설 뭉치가 나란히 놓여 있었어. 나는 답안지를 내려놓고 잠깐 그녀의 눈치를 살폈지. 그녀는 『모던/포스트모던』인가 하는 책에서 눈을 떼지도 않은 채 영혼 없는 목소리로 수고했다고 말하더군.

　후배 몇이 복도에 서서 강사를 기다리고 있었어. 종강 뒤풀이에 가자고 할 거라면서 말이야. 강의실 문 앞에서 잠시 그애들을 바라보던 내게도 제안을 하긴 했어. 나는 고개를 젓고 계단을 내려왔어. 올해부터 우리 과 신입생들도 서울 캠퍼스에 입학하기 시작했지. 정교수들이 몇 명 그곳으로 옮겨갔고 강사도 반으로 줄었어. 인기 있는 강사들은 더이상 이곳으로 오지 않았지. 그후로 후배들은 더 악착같이 수업에 나오는 선생들과 친해지려고 했어.

　도서관에는 사람이 꽤 많았어. 나는 칸막이가 없는 자유열람실로 들어갔지. 시인론 교재를 펴고 앉았지만 얼른 시작할 마음이 들지는 않았어. 책장을 넘기고, 키보드를 두드리고, 마음속으로 마침표를 찍는 듯 한숨을 내쉬는 소리 사이에서 나는 천천히 부드러운 흙 속으로 파묻히는 기분이 들었어. 그들도 금요일이면 시험을 끝내고 어디론가 떠났다가, 맑고 차가운 공기에 다시 도시가 깨어나기 시작할 즈음에야 돌아올 터였지.

나는 노트북을 꺼내 펼쳤어. 종료시키지 않고 닫아뒀던 노트북은 곧바로 창을 띄우더군. 채 한 장도 쓰지 못한 그 소설을 말이야.

어떤 이야기를 써야 할지 알 수가 없었어. 한 달이 넘게 빈 페이지 위에서 깜빡이는 커서를 보며 앉아 있었는데도 말이야. 기말고사 일주일 전에야 겨우 요조와 내가 함께 사는 이야기를 소설로 써야겠다고 마음먹었어. 그게 나와 가장 가까이에 있는, 그리고 유일한 관계였으니까.

나는 매일 밤 방으로 돌아가는 대신 과방에 앉아서 플롯을 짰어. 과방은 소설을 마무리하는 후배들의 활기찬 키보드 소리로 가득차 있었지. 나는 요조를 어떻게 그려야 할지 생각하는 데 일주일을 다 보내고 말았어. 그가 어떤 표정을 잘 짓는지, 어떤 투로 말을 하는지 아무것도 생각이 나질 않았어. 지난 학기에 이어 이번 학기에도 소설을 제출하지 못했어. 그런 기분은 정말 낯설었지. 정확히 말하기 어려운 문제야. 그러니까 내가 글쓰기에 대해 자연스럽게 알고 있었던 한 부분을 잃어버렸는데 그건 너무 익숙했던 것이라서 무엇이었는지 절대로 찾을 수가 없는 기분이었지. 이해하기 어렵다면 어느 날 일어났는데 목과 혀의 근육을 어떤 순서로 움직여야 물을 삼킬 수 있는지를 잊어버렸다거나 그런 걸 상상해봐. 나는 그 파일을 휴지통에 넣었고, 영구삭제했어. 그러곤 노트북을 닫았지.

도서관을 나설 땐 자정에 가까운 시간이었어. 아이들이 종강을 축하하느라 캠퍼스 곳곳에서 술판을 벌이고 있었지. 나는 하루종일 아무것도 먹지 않았다는 사실이 떠올랐어. 학교 앞 편의점에 들러, 새로 나온 도시락과 푸딩 따위를 구경하다가 결국엔 평소처럼 컵라면과 삼각김밥을 하나씩 샀지. 열기를 품고서 부풀어가는 밤공기를 괜스레 걷어차올리면서 터덜터덜 집으로 갔던 거야.

그런데 웬일인지 요조가 일을 나가지 않고 집에 있더군. 평소에 일을 나갈 때처럼 캐주얼한 셔츠를 갖춰입은 채로 말이야. 그는 방 한가운데 등을 구부리고 앉아서 노트북을 들여다보다가 내가 들어서자 일어났지.

—왜 아직 안 나갔어?

—나 합격했어.

요조가 조금 들뜬 목소리로 말했지.

—어디에?

요조는 노트북을 내게 내밀더군. 창에 요조의 이름과 그가 다큐멘터리 부문 피디 공채 서류전형에 합격했다는 내용의 간결한 문장이 적혀 있었어. 나는 꺅 소리를 지르며 그를 안았어.

몇 달 전, 요조가 바닥에 엎드려 취업사이트를 들락거리다, 피디가 되면 어떨까? 하고 넋 나간 사람처럼 중얼거린 적이 있었지. 나는 그때 그의 말에 대꾸를 하지 않았어. 요조가 정말 서류를 넣을 거라고는 생각하지 않았거든. 나는 단 한 번도 요조가 텔레비전 방송을 보는 걸 본 적이 없었지. 내 방에 텔레비전이 있었다고 해도 마찬가지였을 거야. 말하자면 요조는 아홉시 뉴스보다는 문화평론가의 칼럼을, 〈그것이 알고 싶다〉보다는 인디 다큐멘터리를 보는 종류의 인간이었지.

그는 지난해 열린 기업 공채에 수십 개의 서류를 썼지만 단 한 군데에서도 연락을 받지 못했어. 요조가 예대에 오기 전에 졸업한 학교의 경영대는 취업률이 높기로 유명했고, 하반기에는 눈높이를 낮춰 중소기업들에도 이력서를 냈는데도 말이야. 요조는 그게 자기의 나이가 많기 때문이라고 생각했어.

우리는 축하를 위해 포테이토피자 한 판을 시켰어. 좀더 더워지면 틀기로 했던 에어컨도 작동시켰지. 방안의 묵은 공기가 한껏 산뜻해졌지. 요조가 편의점에 가서 커다란 페트병에 든 맥주를 두 개나 사왔어. 우리는 피자와 함께 먹자며 맥주를 냉동실에 넣어두었지. 피자는 우리의 기대처럼 일찍 와주질 않았어. 요조와 나는 번갈아가면서 그 합격자 발표란을 다시 읽었어. 나는 편한 옷으로 갈아입고 나서, 요조와 내가 쓰고 아무렇게나 방바닥에 늘어놓은 수건들을 주워 빨래바구니에 넣었지. 플라스틱 컵도 새로 씻어서 방 가운데 가져다놓았어. 요조는 틀어두었던 노래를 슬그머니 끄더군.

우리가 주문 확인을 한차례 하고 나서도 이십 분이 더 지나서야 피자가 도착했어. 뜨겁게 치즈가 늘어나는 피자 앞에 앉았을 때 우리는 벌써 식어 있었어. 요조가 냉장고에서 언제 넣어두었는지 생각도 나지 않는 오래된 맥주와 새 맥주를 가져와 섞어 마시기 시작했어. 함께 술을 마시는 것은 정말 오랜만의 일이었어.

　—근데 서류전형은 아무것도 아니야.

피자는 별로 먹지 않고 맥주만 홀짝대던 그가 난데없이 변명을
하듯 말했어.

　—아니야. 열심히 준비해보면 되지. 누가 어떻게 알아?

　—너무 기대하지 말라고.

　—될지도 모르잖아.

　—되면 정말 좋긴 하겠다. 제발 여기 좀 뜨게.

피자를 한 조각 더 들어 입으로 가져가던 나는 갑자기 식욕이
가셨어. 나는 그가 등록금을 벌기 위해 아르바이트를 하면서도,
계속 추가학기를 다니는 이유를 알고 있었어. 졸업을 하더라도
마땅히 갈 곳이 없었기 때문이지. 하지만 나는 당장 다음 학기에
요조가 이곳을 떠나리라고는 생각해본 적이 없었어.


3


요조와 나는 같은 동아리 출신이었지. 캠퍼스가 분리되기 전
까지 학교에는 동아리가 많았어. 요즘 대학가에 취업 준비나 외
국어와 관련된 동아리가 늘어나는 추세라고 하잖아. 우리 학교의
동아리들은 그런 데서 좀 멀었지. 우리가 활동하던 동아리는 학
교에 있던 수많은 쓸모없는 주제의 동아리 중에서도 가장 쓸모없
는 걸 하는 동아리였어.

나는 신입생 때 친하게 지내던 동기를 따라 동아리에 들어갔어. 가입 후 가장 먼저 한 일은 위아래가 붙은 노란 트레이닝복 유니폼을 맞춰입는 것이었지. 일주일에 한 번 있는 정기모임에서 모두가 돌아가며 발표를 했어. 웃긴 얘기를 해도 되고 이상한 춤을 춰도 되고, 노래를 아주 못 불러도 상관없었지. 누군가는 우리가 태어나기도 전에 유행했을 법한 차력쇼를 했고, 누군가는 리코더를 가지고 나와서 아주 진지한 표정으로 초등학생 때 배웠던 곡을 연주하기도 했지. 나는 얼쯤하니 서서 인터넷에서 본 웃긴 이야기를 하곤 했어. 그래도 사람들은 박수를 치며 의자가 넘어갈 듯 웃었어. 그 짓을 몇 번 반복하고서 알게 됐지. 내가 거기 서서 울어도 그 사람들은 그렇게 웃으리라는 걸 말이야. 그 사람들은 그냥 웃기 위해 모인 거였어. 동기가 그만두고 나서도 나는 동아리에 계속 나갔어.

학교 안에서는 우리 유니폼을 입은 사람을 보면 피하라는 말이 있을 정도였지만, 동아리 사람들은 서로를 '또라이'라고 부르면서 만족스러워했어. 우리는 날씨가 좋은 날이면 밖으로 나갔지. 잔디밭이나 정문 맞은편에 있는 무대에서 공연을 했어. 슬랩스틱과 허무개그가 반씩 섞인 그 공연을 봐주는 사람은 아무도 없었어. 한 팀이 공연을 하면 무대 아래에서 다른 팀들이 모여 깔깔거렸지. 전공은 가지각색이었는데, 공통점이라면 다들 아주 밝아서 좀 미쳐 보인다는 거였지.

스무 살이었으니까, 그런 사람들 사이에 있으면 나 자신이 그렇게 느껴지기도 했어. 해면처럼 그 모든 것을 흡수하고 한참 후에야 혼자 깜깜한 자취방 안에 남겨져서 체한 것들을 쿨럭쿨럭 뱉어내는 나이였지.

졸업을 오랫동안 미룬 영화과 선배 하나가 동아리 안에서는 또라이인 척하면서, 수업 때나 다른 술자리에서 보면 우울한 인간들이 있다며, 그 꼬인 놈들을 몰아내자는 소리를 자주 농담처럼 했는데, 나는 그 말을 들을 때마다 괜스레 깜짝깜짝 놀랐지.

술자리에서 고학번 선배들은 자주 요조의 이야기를 했어. 그는 그때 늦은 군복무중이었고, 나와 신입생들은 그를 한 번도 본 적 없었지. 선배들은 요조가 동아리 사람들 중 가장 또라이라고 했어. 외고를 나와서 한 대학의 사진과에 입학했다가, 불현듯 재수를 해서 명문대의 경영학과에 합격했고, 그곳을 졸업한 후에 색소폰을 배워선 이곳으로 재입학했다고 했어. 신입생들이 그 대학을 나와서 왜 이런 시골까지 또 와요? 하면 선배들은 그러니까 또라이지, 하고 유쾌하게 대답했어.

그들은 경쟁하듯 요조와 얽힌 자기의 이야기를 늘어놓았지. 나는 선배들이 그를 동경한다는 걸 어렴풋이 느낄 수 있었어. 어쨌든 그는 학교에서 찾아보기 힘든 이력을 가졌고, 그들보다 나이도 재능도 많았으니까. 나도 다른 신입생들처럼 그가 궁금했지.

나는 엄마의 상을 치르며 휴학을 했어. 다시 학교에 돌아갔을 때는 모든 게 변해 있었어. 신입생을 받지 못한 동아리들은 활동을 줄이거나 자연스럽게 흩어져버렸어. 늘 방방마다 흘러나오던 음악과 웃음소리 따위로 시끌벅적하던 학생회관 복도에 정적이 흘렀지. 우리 동아리의 사정도 마찬가지였어. 더이상 공연과 정기모임은 열리지 않았지. 졸업을 앞둔 선배들이 두셋씩 동아리방에 모여 낮술을 먹거나 시험공부를 했어. 학년이 뒤처져서 수업에서 동기들을 만나지도 못하고, 그 외딴 위성도시에 따로 아는 사람이 있는 것도 아니었던 나는 공강 때마다 동아리방에 가서 그들 사이에 앉아 있곤 했지.

선배들은 학교의 일방적인 결정에 불만을 가졌어. 소주와 과자를 앞에 늘어놓고 이야기를 나누는 그들은 내가 전에 알던 동아리 사람들이 아닌 것 같았지. 그들은 재단이 다른 곳으로 팔렸다더라, 학교의 정치적 예술적 이념과 완전히 반대인 곳이라더라, 하는 이야기들을 사뭇 근엄한 얼굴로 반복했어. 한창 다른 대학들에서도 취업률이 낮은 과를 폐지시키는 등의 문제로 시끄럽던 때였어. 다른 대학의 학생들은 교내에서 시위를 하고 칼럼을 써댄다고 했지.

하지만 우리 학교에선 누구도 목소리를 내지 않았어. 오히려 모두들 기가 죽었지. 그건 아마 누구도 처음부터 이곳에 오고 싶어하지는 않았기 때문일 거야. 누가 지방에 있는 예술대학의 이름을 포스트잇에 써붙여두고 고등학생 시절을 보내겠어. 선배들의 이야기에 따르면 우리 학교도 예전에는 각 분야에 이름 있는 예술가를 많이 배출한 전통 있는 학교였대. 하지만 서울에 있는 예술대학들도 취업률 때문에 부실대학 딱지를 다는 마당에 이곳이 살아남을 방법은 없었지. 야간자율학습을 하는 대신 레슨 따위를 받으러 다니고도 입시에 실패한 애들은 오랫동안 벌을 받는 듯 위축되어 있었어. 학교가 조용해지자 모두들 혼자서만 가지고 있던 그 패배감이 위로 떠올라 분위기를 바꾸어놓았지.

나는 한동안 아르바이트도 구하지 않았어. 주말이면 혼자서 서울에 가 아무 동네나 기웃거리곤 했어. 고백하자면 몇 번은 술에 잔뜩 취한 채 라이브클럽 따위에서 만난 남자들과 잠을 자기도 했지. 그것도 지겨워졌을 무렵엔 가끔 맥주를 잔뜩 사서 집에 들어간 다음 버라이어티쇼를 보며 취했어.

어느 날 밤에 선배들이 술자리로 나를 불러냈지. 동아리방에서 자주 만나던 세 명의 남자 선배들 사이에 막 제대를 했다는 요조가 앉아 있었어. 나는 그의 맞은편에 앉았어. 글쎄, 그는 상상한 것과는 좀 달랐지. 또라이 같다기보다는 오히려 진중한 인상이었어. 그의 머리와 수염이 거의 같은 길이로 삐죽삐죽 솟아 있었어. 그가 너무 오래 참아서 기를 수 있는 건 다 길러보는 중이라며 농담을 했고, 선배들이 거기도 빡빡이었느냐며 요조를 놀렸지. 요조는 별로 웃지 않았어.

다시다 냄새를 풍기는 김치찌개와 통조림으로 만든 화채를 앞에 놓고 모두 엄청나게 빠른 속도로 술을 마셨어. 나로서는 그런 술자리가 너무나도 오랜만이어서 금세 취기가 올라왔어. 다들 떠들어대는 통에 더 정신이 없었지. 두어 시간 만에 빈 소주병이 열 개나 쌓였지. 선배들은 모든 이야기를 요조를 향해 몰아갔는데 요조는 내내 별로 대꾸를 않더군. 분위기는 점점 나빠졌어.

—형 좆나 변한 거 같아요.

웬일인지 늘 요조의 얘기를 해대던 선배 한 명이 요조에게 시비를 걸었지. 요조는 대꾸 없이 그를 노려보았고, 다른 선배들은 그들을 말렸어. 나는 조용히 짐을 챙겨 자리에서 나왔어.

집 앞 골목에 다다라서야 요조가 나를 뒤따라오고 있다는 것을 알아챘지. 취기를 느끼며 흐트러진 채 걷던 나는 그를 보고 깜짝 놀랐어.

그가 걸음을 멈추고 재빨리 말했어.

一따라온 거 아니에요. 집이 이쪽이라.

一왜 벌써 나오셨어요?

一아, 안 그래도 나오고 싶었는데 후배님이 일어서시길래.

요조는 말끝을 흐렸지. 우리는 몇 발짝 떨어진 채 걷다가 그대로 골목에 접어들었지. 그때 요조가 다시 말하더군.

一진짜 그 동아리 했던 거 맞아요? 왠지 안 어울린다.

一선배도요.

요조가 그날 처음으로 소리내서 웃었어.

一혹시 한잔 더 하실래요? 제가 술이 좀 모자라서.

一아, 다음에요. 선배님.

一네. 쉬셔야죠.

요조가 내가 사는 원룸의 바로 맞은편 고시원에 들어서는 것을 보고서야 나는 경계를 풀었지.

계단을 오를 때부터 속이 울렁거렸어. 나는 현관문을 열자마자 바닥에 먹은 것을 다 쏟아냈지. 한껏 쏟아낸 뒤 고개를 들었을 때 다시 속에서 신물이 올라왔어. 그걸 몇 번 반복한 뒤에 화장실로 가서 입을 헹궈냈어. 그러고 나니 속이 말짱해졌어.

나는 물에 적신 걸레와 손바닥만한 빗자루를 챙겨들었어. 현관엔 보기 좋게, 오늘의 술자리에서 분위기를 맞추기 위해 억지로 입에 넣었던 모든 것들이 펼쳐져 있더군. 인상이 절로 찌푸려졌어. 쪼그려앉아서 그것을 쓸어담기 시작했지. 근데 웬걸. 눈물이 뚝뚝 떨어지더라고. 한번 쏟아진 눈물은 멈추질 않았지. 나는 꺽꺽 소리를 내가며 울었어.

그렇게 울면서 집을 나섰어. 계단을 내려가고, 현관을 나서고 골목을 가로질러 요조가 들어갔던 고시원 앞에 섰지. 거기에 붙어 있는 도어록을 보면서 나는 계속 울었어. 소주가 든 비닐봉지를 흔들며 요조가 올 때까지 말이야.

나는 요조의 품에 안겨서 한참을 더 울었고, 요조는 엉덩이를 뒤로 뺀 채 어정쩡하게 나를 다독였지. 이상하다는 생각을 하면서도 눈물은 멈추지 않았어. 우리는 가까운 호프집으로 갔어. 안주로 시킨 치킨엔 손도 대지 않은 채 요조는 소주를, 나는 맥주를 마셨지. 말짱하게 깬 줄 알았던 술기운은 금세 다시 올라왔어.

—문창과라구요? 나도 책 읽는 거 좋아하는데. 문창과를 갈걸 그랬나봐요. 재밌겠다.

—나는 악기 할 줄 아는 게 훨씬 부러운데. 게다가 선배님 사진도 찍으시고 경영학과도 다녔다면서요?

—그런 얘기 들어봤어요? 잔재주가 많으면 밥 빌어먹고 산다는 말. 재능이 하나 늘어날 때마다 그만큼 더 불행해진대요.

—그래요? 선배 불행해요? 저는 재주 없어도 불행한데요. 재주 없이 불행한 것보단 재주가 많고 불행한 게 나은 것 같아요. 선배

는 재능이 많으니까 이것저것 선택할 수 있었잖아요.

—전 취업할 거예요.

—이제 와서요? 부모님이랑 그것 때문에 싸우다가 이렇게 늦어진 거 아니에요?

—부모님이랑 싸워서 이기면 다 될 줄 알았는데, 막상 그러고 나서 군대도 갔다 오고 다시 보니까, 세상이 다 부모던데요? 좆나 간섭해대요. 사춘기 지난 지 너무 오래돼서 반항심이 사라졌나보죠, 뭐.

나는 그의 말투가 좀 건방지다고 생각했지만 그게 싫지는 않았어.

—저는요, 다자이 오사무의 『인간 실격』을 제일 좋아해요. 다른 소설은 한 번밖에 안 읽었는데, 그건 네 번 읽었어요. 그럼 좋아하는 거 맞죠? 문창과는 죄다 다섯 번은 읽나.

—아니요. 많이 읽으셨네요.

난 우리 과에서도 『인간 실격』의 화자 요조에 자기를 끼워맞추며 때늦은 사춘기에 빠진 남학우를 열 명은 더 봤거든. 그렇지만 그런 이야기를 해서 그의 기분을 상하게 하고 싶지는 않았어. 시간이 지나자 나는 맥주에 소주를 타 먹기 시작했고, 우리는 똑같이 취하게 됐지. 그와 나는 어느새 말을 놓았어.

—나한테 상처를 주는 사람한테 일부러 더 실없이 농담하고 모든 걸 다 가볍게 하려고 해. 요조처럼. 그래서 우리의 이상한 동아리에도 들어갔던 거고.

그가 잠시 후 덧붙였지.

—물론 읽고 나서부터 그렇게 생각하고, 더 그렇게 되려고 하는 것도 있겠지만.

나는 그가 덧붙인 그 말 때문에 그를 요조라고 불러주기로 다짐했어.『인간 실격』에 대해 말하는 사람은 많았지만, 그처럼 솔직하게 말했던 사람은 없었으니까. 그는 요조가 될 자격이 있었지.

—왜 요조가 된 거야?

—나야 모르지.

—트라우마.

—트라우마?

—그래. 요조가 어렸을 때 '어릿광대짓'을 알아봐줄 만한 다정한 사람이 주변에 한 명이라도 있었다면 그가 그렇게 되지는 않았을 거 아니야.

—아, 그런 거?

요조는 소주잔을 들고 빙글빙글 돌렸지.

—알겠다. 우리 엄마는 양호선생님인데, 나를 양호실에 온 아픈 애들처럼 대했다, 이렇게 말하면 소설이 시작되는 거냐?

—응. 좋다.

—그럼 네 트라우마는 뭔데?

—우리 엄마는 양호선생님도 아닌데, 나를 친구 따라 양호실에 온 애처럼 대했다는 거.

요조가 피식거렸지.

—근데 엄마는 나한테 사과도 안 하고 죽었어.

요조는 아무렇지도 않게 나를 쳐다봤지. 엄마가 죽었다고 말할 때마다, 사람들은 왠지 미안한 표정을 짓곤 했거든. 하지만 요조는 그러지 않았어. 나는 그가 마음에 들었어.

호프집 사장님은 구석자리에 앉아 줄담배를 피우며 우리를 노려봤지. 우리가 마지막 손님이었고, 다섯시가 넘은 시간이었어. 요조와 나는 계산을 하고 술집을 나섰지. 매일 맡는 그 도시의 풀 냄새가 더 상쾌하게 느껴졌지. 요조는 내가 비틀거린다며, 취했다고 놀렸어. 나는 일자로 걷는 것을 그에게 보여주었지. 물론 잘 되진 않았지만 말이야.


4


요조는 옛 학교 동기들에게 연락을 돌렸지. 책상 앞에 앉아 있던 나는 전화기를 든 채 방을 서성이는 그를 자꾸만 힐끔거렸어. 아는 사람 중에 언론고시 스터디를 하는 사람이 있냐는 게 통화의 내용이었지만, 그냥 공중파 중의 하나지, 하고 부러 얼버무리는 그의 말투에는 미묘하게 힘이 실려 있었지. 그는 자기보다 여덟 살이나 어린 후배를 나이트클럽 밴드 일에 끌어들였어. 요조가 시험을 볼 때까진 그애가 일주일에 사흘을, 요조가 이틀을 일할 거라고 했지. 시험 날짜가 예년에 비해 보름쯤 늦어진 것은 다행이었지만, 나는 요조가 일을 하면서 제대로 공부할 수는 없다고 생각했어. 하지만 요조는 끝내 고집을 꺾지 않았지.

나는 마지막 시험에서 받은 문제지를 비닐파일에 꽂아넣었어.

습관처럼 빠르게 넘기며 파일을 한번 훑어보았지. 다섯 학기 동안 받은 시험지가 순서대로 들어 있었어. 또다시 한 학기가 끝났다는 게 믿기질 않았지. 나는 그걸 책장에 꽂아넣고 자리에서 일어났어. 요조가 여전히 전화기를 든 채, 눈썹을 위로 움직이는 식으로 인사를 대신했어.

자취방에서 여의도까지는 세 시간이 걸렸어. 매주 그 일을 반복했지만 좀처럼 익숙해지지가 않았어. 시외버스 터미널로 간 다음 늘 그랬듯 여섯시 버스에 올랐지. 그다음엔 퇴근시간의 지하철이었으므로 나는 차라리 버스에서의 나른한 시간이 계속되길 바랐지. 하지만 잠시 졸다 문득 눈을 뜰 즈음엔 벌써 버스가 터미널에 들어서고 있었어.

금요일 퇴근시간의 지하철에는 언제나 사람들이 많았지. 손잡이를 잡을 수조차 없었어. 사람들 사이에 낀 채 가만히 서 있을 때면, 고아의 도시와 서울이 완전히 다른 나라처럼 느껴졌어. 둘 중 어느 곳이 정상인지 알 수가 없었어. 그 칸 안에 산소가 부족한 것 같다는 생각이 들었고, 갑자기 약한 멀미가 일었어. 다행히 마침 창밖으로 한강이 나타났지. 해가 지고 있는 한강이 말이야. 그게 아르바이트를 가는 날의 유일하게 멋진 일이었어.

나는 청소시간에 딱 맞춰 바에 도착했지. 손님 의자에 앉아 수다를 떨던 아르바이트 애들이 내게 인사를 했어. 그애들은 가끔 일이 끝나면 함께 술을 먹으러 갈 만큼 서로 친하게 지내는 것 같았지만, 나는 인사 외에 별다른 이야기를 나눠본 적이 없었어.

재빨리 가방을 사물함에 집어넣고 화장실용 곰팡이제거제를 챙겼어. 사방이 검은색 타일로 뒤덮인 바의 조도가 그렇게 밝게 올라가는 건 그 시간밖엔 없었지. 어두컴컴한 영업시간에는 눈에 띄지 않던 조잡스러운 인테리어가 드러났어. 샹들리에의 플라스틱으로 된 가짜 크리스털이며, 싸구려 의자, 합판으로 만든 양주 진열장 같은 것들 말이야. 나는 네 개의 남자소변기가 늘어선 화장실을 주로 청소했어. 잠시라도 더 혼자 있고 싶었으니까. 다른 알바들도 각자 설거지를 하거나 주방이나 홀을 닦고 쓸었지.

그날은 개시가 좀 늦었어. 아홉시가 돼서야 두 팀의 손님이 연달아 들어왔고, 신입 알바가 그 손님들을 맡았지. 늦게 들어온 순서대로 일을 시작하는 건 우리들 사이의 암묵적인 룰이었는데도, 그다음 손님이 들어왔을 때 여사장은 내게 눈치를 줬지. 여사장은 그즈음 들어 나를 좀 못마땅하게 여기는 것 같았어. 정작 자기는 무슨 화나는 일이 있는 것처럼 늘 인상을 찌푸리면서도 알바들은 언제나 즐거운 표정으로 손님들을 받길 원했거든. 세 시간이나 대중교통을 갈아타고 온 나는 피곤함을 숨기고 싶은 생각이 없었어. 잘려도 아무 상관 없었어. 옮겨갈 수 있는 바는 얼마든지 있고, 그 바에서 두 달 넘게 버틴 알바는 없었거든.

처음 가게에 갔을 때 사장은 엄청 젠체를 해댔지. 그녀는 자기 가게에 오는 손님은 다들 여의도에서 일하는 점잖고 예의바른 회사원들이라고 말했어. 학생들에게는 공부가 훨씬 더 중요하다는 걸 몇 번이나 강조했지. '고급 토킹바'이기 때문에 골이 빈 여자애들은 쓰지 않는다고 했어. 말이 통하는 시사상식이 풍부한 애들만 쓴다며, 다른 알바들이 다니는 서울권의 알 만한 대학 이름들을 줄줄 읊었지. 내 기를 꺾어보려는 의도가 다분히 드러나는 눈빛으로 말이야. 자기가 공기업에 다니다가 가게를 열었다는 말을 할 때는 특히 목소리에 힘을 많이 줬지. 그 얘기는 누가 그만두거나 신입이 새로 들어올 때마다 반복되었어.

그러나 오늘도 아빠뻘인 손님은 딸뻘인 나와 '상식 토킹' 같은 건 하고 싶지 않아했지. 그는 자기 부서에 들어온 인턴이 나와 나이가 같은데, 자기에게 환심을 사기 위해서 은근한 스킨십을 서슴지 않는다는 둥, 날씨가 더워지자 아래위로 파인 원피스를 입고 온다는 둥, 개 같은 소리를 세 시간 넘게 해댔어. 나는 짙어지는 시선을 못 본 체 대화를 최대한 '시사' 쪽으로 돌리며 시간을 끌었지. 그가 어딘가 '터치'가 가능한 곳으로 떠날 때까지 말이야. 그는 키핑해두었던 양주를 반의반쯤 마시곤 다시 키핑한 후에 바를 떠났어. 내가 주방으로 돌아가자 사장은 방금 그 손님이 좀생이라며 욕을 해댔지. 나는 사장의 말을 못 들은 척했어.

그래도 그 가게는 시급이 정말 셌거든. 터치가 없는 것치고는 어마어마했지. 학교 앞 치킨집에서 다섯 시간 동안 일해야 벌 수 있는 돈을 나는 한 시간 만에 벌었어. 일을 하는 날마다 크고 작게 자존심이 상했지만, 나는 치킨집에서든 바에서든 시간을 낭비하는 게 싫었어. 오가는 시간과 차비를 모두 감안하더라도 이쪽이 훨씬 나았지. 게다가 '고아의 도시 시즌'에는 학교 앞에서 일을 구할 수도 없었어. 주말에만 일을 해도 생활비는 충분히 벌 수 있었어. 내가 유일하게 가진 것이라면 최대한으로 사용해야 하지 않겠어? 그게 내 젊은 얼굴이더라도, 어차피 그런 식으로 사라져가고 있는 거라면.

마감은 네시 무렵이었어. 사장의 애인이 자가용으로 알바들을 집에 데려다줬지. 알바들은 모두 자신이 다니는 학교 앞에서 자취를 하고 있었기 때문에, 그 여정에 '서울 대학가 투어'라는 이름을 붙여도 좋았을 거야. 나는 당연히 마지막 차례였지. 신촌과 남산과 왕십리를 모두 지날 즈음엔 도시가 푸르게 밝아왔어. 아이들이 다 내린 후에 사장의 애인은 둘이 있는 것이 어색한지 괜히 말을 붙여왔지.

—공부는 잘하고 있고?

—네. 뭐 그럭저럭.

나는 술을 마신데다 피곤해서 곯아떨어지고 싶은 마음뿐이었지. 더이상 누구의 목소리도 듣고 싶지 않았어.

—예대면 등록금이 더 비싼가. 얼른 졸업하고 취업해서 부모님께 효도해야겠네.

나는 목구멍으로 솟아오르는 닥치라는 말을 삼켜야 했어.

—그래서 아르바이트하고 있잖아요.

대화는 그런 식으로 끊겼지. 어두운 차 안에 다시 정적이 몰려왔어.

나는 터미널 앞에서 내렸고 차비로 만원을 더 받았어. 시외버스에서 졸다가 다시 마을버스로 갈아탈 즈음에는 완전히 아침이 되어 있었어. 나와 함께 버스에 올라탔던, 양손에 봇짐을 든 나이든 사람들은 시장에서 모두 내렸어. 고아의 도시로 들어가는 버스 안에는 나밖에 없었어. 다시 잠이 들면 제대로 내릴 수 없을 것 같았지. 나는 정신을 차리려고 노력했어.

그때 휴대폰이 울린 거야. 페이스북 메시지였어. 평소와 다름 없이 짤막한 인사와 근황을 전한 뒤에 민영은 이렇게 말하고 있었어.

내가 한국에 간다면, 그때 말했던 것처럼 네 '소파'를 내어줄 수 있어?

어느새 버스는 학교 앞에 다다라 있었어. 나는 급하게 벨을 누르고 가방을 챙겨 버스에서 내렸지. 정류장에 가만히 서서 메시지를 다시 읽었어. 그애가 그전에 보내온 메시지는 자카르타의 농장에서 일을 하고 있다는 내용이었지. 답글창에서 커서가 깜빡깜빡 빛나고 있었어. 불현듯 요조의 얼굴이 떠올랐지. 나는 그 커서의 속도로 걷기 시작했어.

요조는 바닥에 엎드려서 국어 문법책을 읽고 있었어.

—왔어?

—응. 왜 안 잤어?

—잠이 안 와. 만날 늦게 자서 그런지.

나는 이불 위에 앉아서 스타킹을 벗었지. 잠깐 동안 나를 눈으로 좇던 요조는 다시 책을 읽기 시작했어.

—요조, 민영이 내 방 소파를 쓰고 싶대.

—그게 누구야?

요조가 책에서 눈을 떼지 않고 말했지.

―왜, 내 소설에 나온 민영이.

―무슨 말이야. 그거 지어낸 거라며.

나는 퉁퉁 부은 종아리를 힘줘 가만히 눌렀지. 뭐라고 대답하면 좋을지 생각이 나질 않았어.

잠시 후에 요조가 책에서 눈을 떼고 나를 쳐다봤어.

―그리고, 이 방에 소파가 어디 있어?

―그냥 그걸 '소파 빌려주기'라고 부른다니까.

―소파는 그렇다 쳐도, 이 주변엔 아무것도 없잖아. 어떤 관광객이 이런 데 숙소를 잡냐?

민영은 관광객이 아니라 여행자이고, 내 친구라고 변명이라도 하고 싶었지. 그런데 요조가 선수를 쳤어.

―그래. 뭐, 네 방이잖아. 마음대로 해. 그리고 난 시험 때까지 어차피 바쁠 텐데.

요조는 그렇게 말하면서 고개를 들어 방을 한 바퀴 둘러보더군. 나는 나도 모르게 요조의 시선을 따라 그 방을 둘러봤지.

―그래도 네가 허락해줘야 해. 월세 반은 네가 내잖아. 그리고 너도 걔 좋아하게 될걸. 걔도 우리 과야.

―우리 과? 무슨 소리야, 그게.

―고아라고.

요조는 대답을 하지 않았어.

우리가 하루종일 붙어지내던 지난 겨울방학에 이곳을 '고아의 도시'라고 부르기 시작한 건 요조였어. 물론 엄밀히 말하자면 그는 나와는 상황이 달랐지. 요조의 말대로 그는 '자발적 고아'였으니까. 부모님과 연락을 하지 않을 뿐, 그는 여동생을 통해 가끔 소식을 주고받는 눈치였어. 우리가 그때 그런 식으로 만들었던 둘만의 언어는 이제 더위에 다 녹고 없었어. 마치 평생 다른 지역의 언어를 쓰다가 만난 사람들 같았지. 나는 클렌징 티슈를 뽑아 대충 얼굴을 닦아내곤 자리에 누웠어.

실은 요조의 말이 맞아. 내 방은 말이야, 보증금 오백에 월세 삼십오짜리야. 어린 왕자는 어른들이 집의 가격만을 궁금해한다고 투덜댔잖아? 그 집이 붉은 벽돌로 지어졌는지, 제라늄이 피어 있는지, 비둘기가 날아다니는지 따위엔 관심이 없다고. 하지만 한국에서는 그런 풍자가 통하질 않지. 지방 대학가의 오백에 삼십오짜리 자취방이라고 하면 누구라도 정확하게 그 풍경을 떠올릴 수 있으니까. 그런 방에 누군가를 초대하는 건 오히려 무례인지도 모르겠다는 생각이 들었어.

이불을 머리끝까지 덮자 온통 깜깜한 내 동굴이 완성되었지. 나는 내뱉은 축축한 숨을 다시 들이쉬면서 눈을 감았어. 민영은 그 도시의 어느 카페에서 와이파이를 빌려 메시지를 보냈을 테지. 인구밀도가 세계 최고라서 배낭여행자들에겐 카오스로 불린다는 그 도시를 상상했어. 동남아시아의 향신료 냄새가 섞인 후덥지근한 공기와, 어딘가 높은 음으로 삐죽거리는 더운 나라의 말투, 관광객들을 태우기 위해 도로를 빽빽하게 메운 삼륜차와 택시들의 소음이 순서대로 떠올랐지. 그것들이 내 잠 속으로 따라왔어.

# 텀블링플랜트

## 1

요조는 나를 만나기 전에 학교 신문에서 「텀블링플랜트」를 읽었다고 했지. 민영에 대한 그 소설로 나는 학교 주최 문학상을 받았거든. 나는 요조에게 그 소설은 하나에서 열까지 죄다 꾸며낸 이야기라고 말했어. 지금 와서는 민영을 만났던 그날들의 얘기를 잘 들려줄 수 있을지 자신이 없어. 소설이란 게 워낙 그렇듯, 우연처럼 일어났던 일들에 이런저런 이유를 갖다붙여 썼고, 이제는 어디까지가 진짜 있었던 일인지, 어디까지가 내가 지어낸 것인지 잘 알 수가 없게 되어버렸어. 하지만 민영을 처음 만났던 장면은 이상하리만치 분명하게 머릿속에 남아 있어.

민영은 발가락 샌들을 신고 바위를 기어오르고 있었어. 집채만큼 큰 바위를 말이야. 나는 멈춰 서서 실눈을 뜨고 그애의 검은 머

42

리카락과 조금 굽은 어깨, 굴곡 없이 마른 골반을 훑어봤어. 꽤 거리가 있었는데도 그애가 틀림없이 한국인일 거라는 생각이 들었지. 오랫동안 한국말을 못 쓰고 지내다보면 그런 레이더가 생기곤 하거든.

나도 모르게 그쪽으로 걸어갔어. 그애가 다른 곳으로 가버릴까봐 어찌나 서둘렀는지 숨이 턱턱 차올랐어. 다행히 민영은 바위 꼭대기에 자리를 잡고 앉아서 엉킨 이어폰 줄을 풀고 있더라고. 나는 기다시피 해서 바위를 올랐지. 민영이 이어폰 줄을 다 풀고, 귀에 꽂을 때쯤 나는 그애의 몇 걸음 뒤에서 숨을 골랐어.

—안녕하세요. 혹시, 한국분 아니세요?

한쪽 이어폰을 뺀 민영은 대답 없이 나를 쳐다봤어. 그애는 내가 올라온 바위 뒤쪽을 살펴보며 좀 놀란 표정을 지었지. 민영은 영어로 말을 했어. 자신이 미국인이라고 했다가, 그래도 한국 이름이 있다고 했다가, 한국어를 못해서 미안하다고 했다가, 내가 한국인이라니 아주 반갑다며 아리송한 말들을 혼자 줄줄 늘어놓았어.

—교포세요?

나는 당황해서 민영의 말꼬리를 잡아채며 말했지. 그애는 그런 나를 알아챘는지 웃으며 말했어.

—아…… 난 입양됐어.

나는 그애의 아무렇게나 난 덧니를 보고 직감적으로 그애를 좋아하게 되리라는 걸 알았지.

## 2

엄마가 죽고 고작 한 달 만에 떠난 인도였어. 사실 어디라도 상관은 없었을 거야. 그저 멀고 또 오래 머물 수 있을 만큼 물가가 싸다는 이유로 그곳을 선택했지.

나는 북부에서 여행을 시작했는데 거기엔 듣던 것보다 한국 대학생들이 훨씬 더 많았어. 한국에서는 늘 무심하게 사람들 사이를 걸어다녔을 그애들은, 해방감 때문인지 길에서 마주치는 아무에게나 말을 걸었지. 남녀끼리 무리를 지어 갠지스 강변을 우르르 돌아다녔어. 내가 고른 게스트하우스가 한 여행 정보 사이트에서 유명한 곳이라는 건 나중에 알게 됐어. 그 게스트하우스에는 한국 대학생들밖엔 없었지. 나는 그 무리에 들었지만 어쩐지 그들 사이의 묘한 긴장을 견디기 힘들었어. 아이들은 아침이면 어김없이 게스트하우스 마당에 모여들었어. 나는 그애들을 피해 뒷문으로 길을 나서곤 했지. 혼자 커피를 마시다 만난 독일인 커플이 쉬고 싶다면 그곳으로 가보라고 알려주었어.

인도 남부의 그 마을은 아주 큰 돌들이 하늘에서 떨어진 것처럼 겹겹이 쌓여 있는 걸로 유명했지. 삼모작을 하는 평범한 농촌이었는데, 몇 년 전에 유명 여행작가의 책에 소개된 뒤로 여행자가 들기 시작했다고 했어. 수십 킬로미터 이어진 돌산들은 그가 표현한 대로 '세상 어디에도 없는 풍경' 같기는 했지만, 그런 걸로도 관광지가 될 수 있을까 싶도록 삭막한 인상이었지. 하지만 그 낯설음과 내게 말을 거는 사람이 아무도 없다는 게 마음에 들었어.

나는 그 마을에서 아침마다 그림을 그리고 휴대폰에 내려받은 소설을 읽었어. 오후가 되면 논길과 돌산, 나로서는 의미를 알 수 없는 유적지를 걸어다녔지. 서양인들의 휴가 시즌이 아니어서인지 여행자들을 위해 만들어놓은 허름한 식당들과 카페들은 텅텅 비어 있었어. 시장을 몇 시간이나 돌아다닌 다음 바나나 한 송이를 사서 하나를 먹고 나머지는 모두 원숭이들에게 뺏기기도 했어. 그렇게 해가 질 때까지 돌아다니다 게스트하우스로 돌아와서 다시 소설을 읽었지. 그 시간들은 내 삶의 일부분이 아니라 어딘가 다른 곳에서 빌려온 것 같았어. 내 것이 아닌 시간의 부력으로 나는 조금 가벼워질 수 있었지. 뜨겁게 달궈진 공기 속을 부드럽게 떠다니는 기분이었어.

가끔 아주 늦은 새벽에 어두운 방갈로 안에서 깨어나곤 했어. 나는 문을 열고 테라스로 나왔지. 열 채의 방갈로가 마당을 가운데 두고 마주 보게 되어 있었는데, 투숙객은 나밖에 없었지. 나는 한없는 어둠과 고요 속에서 어쩔 수 없이 땅으로 내려와야만 했어.

오빠에게서 전화가 왔을 때 나는 홑이불 위에 누워 다음날 제출해야 할 과제를 하고 있었어. 언젠가 전화번호가 바뀌었다는 내용의 단체 문자를 받았을 때 저장해두었을 뿐, 연락을 나눠본 적은 없었어. 나는 망설이다가 전화를 받았어. 오빠는 울고 있었지. 엄마가 죽었어. 왜? 교통사고가 났어. 언제? 오늘 새벽에. ……새벽에 왜 운전을 했대? 교회 청소년부 수련회에 갔다가 오는 길에. 교회 사람들이랑 싸웠대? 아니. 근데 왜 밤에 집에 갔는

데? 나 중간고사라서. ……중간고사? 응. 아침 차려준다고. 대화
가 끝날 때쯤 오빠는 울음을 그치고 짜증을 내고 있었지.

그날 밤 D시로 가는 케이티엑스를 탔어. 내 좌석을 찾아야 한
다는 생각이 들지 않았어. 연결 칸의 화장실 앞에 쪼그리고 앉아
서 생각했지. 오빠가 혼자 먹을 수 있었을 아침의 종류를 말이야.
엄마가 늘 사다놓던 유기농 우유와 시리얼과 사과, 아니면 햇반과
엄마가 만들어두었을 진미채볶음과 달걀프라이, 또 오빠가 다니
는 대학 앞 김밥천국의 라면과 참치김밥, 학생식당이라면 있기 마
련인 햄버그스테이크, 세븐일레븐의 전주비빔삼각김밥과 육개장
사발면, 그것도 아니라면 그 도시엔 여전히 남아 있는 이천오백원
짜리 콩자장면이라도 상관은 없었을 거야. 그런 생각을 하다보니
견딜 수 없이 배가 고파졌어. 과연 빠르게도 케이티엑스는 D시에
나를 데려다놓았지. 나는 역사 안에 있는 밥집에서 땀을 뻘뻘 흘
려가며 뜨거운 순두부 정식을 먹었어.

오빠와 고모들, 이모할머니와 낯선 친척들 그리고 교회 사람들
까지, 나를 제외한 모두가 내장을 쏟아낼 듯 울고 있었지. 아빠가
서먹하게 내 어깨에 손을 올렸다 내렸어. 나는 옷을 갈아입고 권
사들을 도와 음식을 날랐어.

목사가 오자 장례예배가 시작됐지. 처음에 나는 그를 알아보지
못했어. 엄마를 따라 교회에 다니던 어린 시절 보았던 그의 모습
을 떠올리기 힘들 만큼 늙어 있었지. 손을 모으고 눈을 감은 권사
아줌마들도 마찬가지였어. 목사는 아주 익숙한, 그렇지만 이질감
이 드는 말투로 중얼중얼 기도를 시작했어. 감은 눈꺼풀 밖으로

자꾸만 눈물이 솟아났어. 나는 슬퍼하지 않는 내 이상함이 슬퍼서 울었지.

어디선가 엄마의 목소리가 들리는 것 같았어.

—너는 애가 왜 이렇게 정이 없니.

엄마는 내게 늘 그렇게 말했지. 내가 D시를 떠나 서울에 있는 할머니 집에서 고등학교를 다니겠다고 했던 때부터였어. 할머니는 엄마와는 연을 끊었지만 나만큼은 좋아했지. 엄마는 내가 고향을 떠난다는 게 서운해서가 아니라, 할머니 집으로 간다는 게 싫어서 아이같이 행동했어. 기어코 짐을 싸서 집을 나서는 내게 엄마는 처음으로 그 말을 했어.

그 이후로 엄마는 하나님께 이야기하는 걸로 성에 차지 않는 날이면 내게 전화를 걸었지. 엄마가 하는 얘기는 죄다 오빠에 관한 것이었어.

네 오빠 재수 준비하다가 몸이 먼저 축날까 싶어 나는 요즘 잠을 못 잔단다, 네 오빠처럼 약한 사람을 최전방에 보내는 법이 어디 있냐, 응급실에 와 있다, 네 오빠 스트레스성으로 올해만 네번째 위경련이야.

내가 힘겹게 그래? 하고 답하면 엄마는 어김없이 그렇게 말했어. 너는 왜 이렇게 정이 없니.

엄마는 아빠에게 주먹으로 맞고 머리채를 잡히면서도 몸을 가누어서 아빠의 뺨을 올려붙이는 여자였지. 매일 밤이 전쟁 같던 시절에 싸움을 멈추는 건 언제나, 빽빽 아무렇게나 울어대는 내 목소리가 아니라 오빠의 간결한 리듬이었지. 오빠는 벽에 일정한 간격으로 머리를 쿵쿵 부딪쳤어. 엄마 아빠가 자신들의 목소리 사이에서 그 둔탁한 리듬을 알아챌 때까지 소리는 점점 커졌지. 그들이 싸움을 멈추면 집안 가득 쿵쿵 하는 소리가 들렸어. 나마저도 입을 틀어막고 울음을 멈추게 됐어. 엄마는 오빠를 벽에서 떼어내서 감싸안았지. 그러면 아빠는 조용히 자동차 열쇠를 찾아 들고 집을 나섰어.

엄마와 아빠가 헤어진 후에도, 오빠가 어디가 아프면 엄마는 그게 자기 탓이라고 생각했지. 이유 모를 복통을 앓거나 열이 조금 나거나 그냥 학교에 가기 싫다고 떼를 써도 엄마는 안절부절 못했어. 엄마가 교회에 나가기 시작한 것도 오빠 때문이었어. 나는 알고 있었지. 매일 저녁 기도회에서 엄마가 하나님에게 부탁하는 건, 내가 아니라 오빠에 대한 것이라는 걸 말이야. 오빠가 고등학교를 졸업할 때까지 엄마는 그를 정신과에 데리고 다녔어. 내가 보기에 치료가 필요한 건 엄마 자신이었는데 말이야. 사춘기를 앓던 시절 내가 그 말을 했을 때 엄마는 내 뺨을 올려붙였어. 아빠에게 그랬던 것처럼.

나는 스무 살 무렵부터 엄마의 전화를 피했어. 엄마는 내가 전화기를 집어던지고 욕을 해도 계속해서 전화를 해왔어. 그 말을 듣다보니 정말 내가 정이 없어서 그런 것 같기도 했어. 내가 정이 없어서 엄마와 오빠를 이해하지 못했고, 고등학교 담임선생님에게 예쁨을 못 받았고, 정이 없어서 대학에 와서 친구를 별로 사귀지 못했고, 정이 없어서 연애도 제대로 못하는 것 같았어.

엄마의 장례식 내내 나는 그런 생각을 하며 문득문득 울었어.

권사 아줌마들이 다가와서 내 등을 토닥였어. 그들은 나에게 든든하게 잘 자랐다고 말했지. 나는 속으로 생각했어. 엄마가 그들에게 내 이야기를 했을 텐데. 나는 왕따를 당하는 아이처럼 그들의 시선을 피했어.

오빠는 장례가 끝나고 나서도 내가 D시의 집에 머무르길 원했어. 백 킬로그램이 넘는 그는 텔레비전을 보다가도, 화장실에 들어갔다가도 갑자기 울음을 터뜨렸어. 그는 내 눈치를 보면서도 끝내 밥 한 끼를 스스로 차리지 못했지. 어릴 적 내게 아빠라는 단어를 꺼내지도 못하게 하던 그가 하루가 멀다 하고 아빠에게 전화를 걸기도 했어. 나는 내게 정이 있다는 걸 증명해 보이려던 시도를 일주일 만에 그만두게 되었어. 내가 인도에 간다고 하자 오빠는 눈을 부릅뜨면서 내가 미친년이라는 걸 예전부터 알고 있었다고 말하더라고.


3


한국말로 수다를 떨 기회를 놓쳐서 아쉽기는 했지만 민영과의 저녁시간은 좋았어. 내 방갈로 테라스에서 밤늦게까지 맥주를 마셨지. 게스트가 나밖에 없어서 열한시가 되면 주인은 전기를 아예 내려버렸어. 주변에 불빛이라고는 발밑에 가져다놓은 모기향과 촛불 하나가 전부였지. 우리는 아무것도 보이지 않는 마당 쪽으로 돌아앉아서 이야기를 나눴지. 그애는 나를 위해 쉬운 단어를 고르느라 이따금 말을 멈추었어. 덕분인지 나는 그애가 하는 말들을 대부분 이해할 수 있었지.

그애는 열여덟 살에 시작한 여행을 사 년째 하고 있다고 했어. 가끔 한국인 여행자를 만날 때면 부탁한다며 자기를 한국 이름인 민영으로 불러달라고 했지. 그애는 자기의 이름을 제대로 발음하지 못하더군. 민영이 만나본 적 없는 생모가 지어준 이름으로 그애를 부른다는 건 좀 이상한 일이라고 생각했어. 민영은 자신이 한국의 어느 도시 출신인지도 모른다고 했고, 그런 건 별로 궁금하지 않다고 했지.

민영은 자신이 '카우치 서퍼'라고 했어. 고개를 갸웃거리는 내게 민영이, 그건 호스텔이나 게스트하우스 대신 각 도시에 살고 있는 사람들의 소파에서 잠을 자며 여행하는 사람들을 부르는 말이라는 걸 알려줬어. '카우치 서핑'이라는 사이트에서 여행자들에게 거실을 내주려는 사람들과, 소파를 찾는 여행자들이 교류한다고 했지.

—이상적이기는 하다. 근데 방을 내주는 사람들한테는 어떤 이득이 있는데?

—이득? 글쎄, 그냥 문화를 교류하고 싶어서가 아닐까? 나한테 소파를 내어준 사람들은 거의 다 여행을 좋아했어. 주로 어디에 다녀왔다, 이런 이야기를 하면서 친해졌지.

—이야기가 잘 통하면 재미있겠다.

—거의 재밌게 지냈어. 걔네들은 가이드를 해주기도 하고, 친구들을 불러서 파티를 열어주기도 했어. 근데 한번은, 커플이 살

고 있다고 해서 갔는데, 남자 혼자 사는 집이었어. 걔가 밤에 나를 유혹하려고 했지. 그런데 거절했더니 바로 포기하더라고. 다음날 조금 어색하긴 했어.

이야기를 나눌수록 민영이 나와 전혀 다른 방식으로 살고 있다는 생각이 들었지. 인종이 다른 외국인들보다도 훨씬 멀게 느껴졌어.

―근데 재밌는 게 뭔지 알아? 네가 온 한국이 내가 '카우치'를 찾지 못한 유일한 나라라는 거. 결국엔 여행 때 만났던 친구가 한국에서 일하고 있다는 미국인을 소개시켜줘서 걔네 방에서 잤지만 말이야. 그 집은 테헤란로인가? 강남의 십 차선 도로 있는 곳 말이야. 거기였는데 무지무지 작은 방이었지.

―너 한국에 온 적이 있다고? 얼마나 머물렀는데?

―내가 캐나다에서 워킹홀리데이를 끝내고 처음 여행을 시작한 곳이 서울이야. 왠지 한 번쯤은 한국에 가보고 싶었어. 예상했던 것보다도 훨씬, 훨씬 큰 도시더라고. 물가도 『론리 플래닛』에 나온 것보다 더 비쌌고. 왠지 좀 기가 죽었어. 한국인 친구를 사귀지도 못했어. 겨우 일주일 남짓 머물다 일본으로 떠났지.

민영은 그때를 떠올리는지 천천히 말했지. 그러더니 웃으며 덧붙였어.

―그래도 너희들 영혼의 음료, 소주는 좋더라.

민영이 맥주캔을 들고 웃었지. 민영은 아주 멀리까지 왔고, 아주 멀리까지 갈 사람 같았지. 그래서 오히려 그애가 편하게 느껴졌는지도 모르겠어. 내가 했던 잘못들을 하나도 알지 못하는 사람, 그리고 내가 앞으로 어떤 잘못들을 할지 지켜보지 않을 사람, 그래서 나에 대해 실망할 일도 없을 사람 같았지.


4


  그애는 그때 어떤 인도인 대가족의 집에서 머물고 있었어. 그 집에 영어를 할 줄 아는 사람이라고는 내게 인도의 독립기념일과 한국의 그것이 같다고 알려준 똘똘한 아홉 살짜리 아들밖에 없었는데 말이야. 민영은 불편해하는 기색이 없었어. 씩씩하게 그 집 아줌마께 밥을 얻어먹고 벼농사를 거들었지. 매일 민영을 만나러 그 집에 가던 나는, 어쩌다 밥을 얻어먹었고, 그걸 갚으려고 일을 도왔고 그러다보니 결국엔 짐을 챙겨 그 집으로 들어가게 됐어. 나는 민영과 함께 아이들 방에서 머물렀지.
  식사시간이면 아이들까지 열두 명의 식구가 빙 둘러앉아 밥을 먹었어. 식구들은 가끔 우리가 먹는 모습을 빤히 지켜보다가 알 수 없는 말을 나누곤 웃음을 터뜨렸지. 민영과 내 자리는 늘 눈을 감았는지 떴는지 알 수 없는 큰할머니 옆이었는데, 할머니는 벵골어로 말을 걸면서 내 밥 위에 짜디짠 커리를 계속 얹어주었지. 나는 좀 불편했지만, 얼마간 시간이 지나자 가족들의 얼굴을 마주 보며 웃어주는 민영을 그런대로 흉내낼 수 있게 됐어.
  어느 식사시간엔가 민영과 이야기를 하다가 그애의 양부모에 대해 물어본 적이 있었어. 민영은 예의 그 웃음기가 섞인 말투로 이야기를 들려줬어. 중간중간 식구들과 눈을 맞추고 자기 앞에 놓인 감자요리를 아이들 그릇에 덜어주기도 하면서 말이야.

—아, 우리는 산티아고의 위성도시에 살았어. 서울이랑은 비교도 안 될 만큼 작은 도시야. 아빠가 강의하던 대학이 거기 있었거든. 부모님은 좋은 분들이지. 그런데 아빠가 딱 한 번 바람을 피웠거든. 그래서 결국 헤어졌는데, 엄마가 충격이 너무 컸던지 우울증에 걸렸어. 그래서 술을 좀 많이 마시기 시작했어. 마약에도 손을 댔고. 이웃이 마리화나 냄새가 자꾸 난다고 신고를 했어. 사실 그때 엄마는 더 심한 약들에 손을 대고 있었지. 그래서 결국 양육권이 아빠에게로 넘어갔는데, 그런 일들이 끝날 때쯤 나는 열여덟이 돼 있었어. 벌써 성년이 되었다는 걸 믿긴 힘들었지만. 일단은 여행을 다니기 시작했지. 그래도 뭐, 여전히 경제적으로 지원도 받아.

내가 안쓰러워하는 표정을 지었는지 민영이 덧붙였지.

—나는 괜찮아. 충분히 사랑받았거든.

민영은 내게 눈을 맞추고 고개를 끄덕이면서 또박또박 말했어. 그애는 진심을 손에 잡히는 물건처럼 사용할 줄 알았지. 그럴 때면 의심이 많은 나 역시도 그애에게서 그것을 건네받을 수밖에 없었어. 동갑내기 민영을 세 살 언니로 만들어서 소설을 쓴 건 그 때문인지도 모르겠어.

내가 출국을 위해 뭄바이로 가던 날은 좀 서먹했지. 우리는 평소처럼 오전 동안 논일을 돕고 차를 끓여서 나눠 마셨어. 볏단을 묶어 정리하면서 그애의 눈치를 살폈지. 민영은 별다른 말이 없었어. 사 년이나 여행을 다닌 민영에게는 헤어지는 게 아주 익숙한 일일 거라고 생각했지. 수없이 나 같은 사람들을 만나고 또 떠나보냈을 테니까. 나는 담담하려고 애썼지.

나는 한국에 갈 준비가 전혀 되어 있지 않았어. 오빠가 있는 D시에 가봐야 할지, 아니면 학교로 돌아가야 할지 고민이 됐어. 비행기 티켓을 찢어버리고 민영처럼 어디로든 떠날 자신도 없었어. 그런 복잡한 마음들 때문에 나는 그애에게 아쉬운 마음을 완전히 전할 수가 없었지. 인도인 가족들과 민영의 배웅을 받으면서 야간 버스에 올랐어.

나는 버스 안의 심한 냉방 때문에 감기를 얻었어. 뭄바이는 인도에서 물가가 가장 비싼 도시였어. 나는 민영이 미리 알려준 저렴한 게스트하우스를 찾아갔어. 떠나온 도시에선 커다란 테라스가 딸린 방갈로를 얻을 수 있는 가격으로, 작은 침대 하나로 가득 찬 고시원만한 방을 얻었지. 나는 하루종일 거기에 누워 있었어. 문 너머로 종종 한국인들끼리 인사하는 소리가 들리기도 했어. 천장에 달린 팬을 켜두어도 계속 땀이 흘렀지.

깜빡 잠들었다 깨어났을 때는 새벽 네시였어. 그제야 여행이 끝났다는 생각이 들더라고. 나는 부스스 일어나서 방을 나섰어. 어렴풋이 여명이 밝아오고 있었고, 게스트하우스 앞 토스트와 커피 따위를 파는 노점상은 이미 장사를 시작했더군. 인도인들이 플라스틱 의자에 앉아서 붉은 담배를 씹고 또 짜이를 마시고 있었어. 나도 차를 한잔 샀지.

그때 민영의 목소리가 들렸어. 민영은 오토릭샤에서 내리며 기

사와 요금을 놓고 잠시 다투었지. 그러곤 거기 서 있는 나를 보며
달려왔던 거야.


5


우리는 내가 가지고 있던 돈을 모두 털어 술을 마셨지. 그건 일
주일을 여행할 만큼의 돈이었어. 몇 군데의 바를 옮겨다녔고 마
지막으로 남은 돈을 클럽 입장료로 썼어. 우리는 춤을 추다가 뭄
바이 대학생들을 만났지. 우리는 럼과 위스키, 보드카 등 그들이
사주는 술을 아무렇게나 받아 마셨어. 민영은 털이 잔뜩 난 커다
란 독일인 품에 안겨서 나를 보며 웃었어. 그들이 점차 대담해져
우리의 치마 속으로 손을 넣을 때쯤에 민영과 나는 무작정 뛰어
서 클럽을 나왔어.

아무리 번화가라고 해도 인도의 새벽은 어둡고 한산했지. 민영
이 내 손바닥 안으로 자기 손을 밀어넣었지. 내 손바닥이 그애의
작은 주먹을 감싸안은 모양이 되었어. 우리는 손을 잡은 채 게스
트하우스까지 걸었어. 나는 다시 몸이 붕 떠오르는 것을 느꼈지.

우리는 좁은 침대 위에 나란히 누웠어. 땀이 식지 않을 만큼 더
웠는데도 졸음이 몰려왔어.

—너는 처음 봤을 때부터 불안했어. 뭄바이로 세 살짜리를 혼
자 보낸 것 같았다고.

술에 취한 민영의 말투가 한껏 늘어졌지. 나는 그애의 목소리

가 이상해서 웃음을 터뜨렸어. 그애도 따라 웃었지. 그럴 때마다 우리의 팔과 허벅지가 서로 부딪쳤어. 갑자기 이상한 기분이 되었어. 나는 팔을 벌려서 민영의 몸을 안았어. 작고 둥근 몸을 말이야. 민영도 내 쪽으로 몸을 돌리고 따뜻하게 안아주었지.

눈을 떴을 때, 민영은 팬티 차림으로 내 배낭을 꾸리고 있었지. 내가 홑이불을 들추고 일어나 앉는 소리에 민영이 나를 돌아봤어.
—너 늦지 않으려면 서둘러야 돼.
—응.
민영이 침대로 다가와 내 볼에 입을 맞췄지. 팔뚝에 그애의 젖꼭지가 와 닿았어. 그건 아주 낯선 감촉이었지.
—있잖아…… 나는 사실,
—응. 얘기 안 해도 알아. 네 몸이 그렇게 말해.
민영은 웃으면서 문고리에 걸려 있던 수건을 접어 내 배낭에 넣었어. 나는 침대에 기대어 가만히 민영을 쳐다봤어. 틀어올린 머리칼 아래로 드러난 그애의 목덜미는 하얗고 단정했어. 언제나 내가 닮고 싶어했던, 사랑받고 자란 여자애들만이 가질 수 있는 뒷모습이었지. 민영은 내 짐을 모두 챙기곤 배낭과 나란히 앉아 몸을 웅크렸어. 그러고 보니 그애는 정말 말랐더라고. 민영이 팔로 두 다리를 감싸안자 목에서부터 엉덩이까지 척추가 툭 불거졌어.
나는 민영이 알려준 그 식물의 이름을 생각해냈지. 텀블링플랜트. 건초를 공 모양으로 뭉쳐놓은 것처럼 생긴 그 식물은, 우리가 함께 지냈던 마을 어디에서든 볼 수 있었어. 건조한 언덕을 아

56

무렇게나 굴러다니다가 물을 만나면 잠시 뿌리를 내리지. 충분히 물을 머금고 나면 다시 물을 만날 때까지 뿌리를 감추고 지내. 그런 의뭉스러운 외모를 하고서, 뜨거운 바람에 실려 천천히 움직이다가, 이따금 선인장 가시 따위에 걸려 생각지 않게 오래 머무르기도 하겠지. 어쩌면 나는 그때부터 머릿속으로 '텀블링플랜트'라는 제목의 그 소설을 쓰기 시작했는지도 모르겠어.

나는 민영이 언제까지 낯선 이들의 소파 위에서 잠깐씩 뿌리를 내려가며 여행을 이어갈지 생각해보았어. 당신에게 이런 걸 고백하기는 좀 민망하지만, 나는 이전에 한 번도 나의 성정체성을 고민한 적이 없었고, 그건 민영을 만난 뒤에도 마찬가지였어. 나는 우리가 그냥 그렇게 한 번 같은 곳에 뿌리를 내렸다고 생각했지. 그렇지만 가끔은, 거기서 물을 마시지 않았다면 더는 구르지 못했을지도 모른다는 생각이 들곤 했어.

6

한국에 돌아오고 나서 한동안 우리는 탄력 있는 공을 주고받듯 열심히 연락을 했지. 그애가 페이스북에 접속해 있으면 나는 어김없이 안부를 물었어. 내가 「텀블링플랜트」를 쓰는 동안에도 민영은 많은 사람들의 소파에 머물렀어. 민영이 새로 친해진 사람들의 이야기를 해주면 나는 더없이 외로워졌어. 그애에게 나는 지나가는 사람일 뿐인 것 같았지.

이상한 일이지. 소설을 완성한 후로는 나는 그애를 덜 생각하게 되었어. 자연스럽게 연락을 주고받는 주기가 조금씩 길어졌지. 하지만 나는 우리가 한 번 정도는 다시 만나게 되리라고 생각했어.

# 론리 플래닛—서울 편

## 1

민영과 나는 아침 일찍 집을 나섰어. 그애가 재촉을 해대는 통에 세수도 못한 채 일어난 차림 그대로였지. 플라타너스 길에 플라스틱 의자를 내놓고 해바라기를 하고 있는 사람들이 보였어. 이주노동자들이었지. 그들은 반바지 아래로 드러난 까맣고 마른 다리를 가만히 흔들거렸어.

학교 뒤쪽에 공장이 몇 개 모여 있었어. 값싼 합판 책상이나 화장대 따위를 주로 만드는 가구공장들이었지. 신입생 때 방을 얻으면서 책상과 책장을 사러 그곳에 간 적이 있었어. 커다란 컨테이너 같은 작업장 안에서 수많은 외국인들이 일을 하고 있었지. 나는 의외의 풍경에 조금 놀랐지만, 그후로 공장지대까지 올라갈 일은 거의 없었기 때문에 곧 그들의 존재를 잊어버렸어. 가끔 학교 뒤쪽에서 가구를 실은 트럭들이 내려오는 것을 보면서 그곳에 공장이 있다는 걸 떠올릴 뿐이었지.

그들의 숙소가 이곳으로 옮겨온 것도 학교 이전이 시작된 후였어. 학교 앞쪽 자취촌이 비어가기 시작할 때 제일 먼저 타격을 입은 것은 오래된 원룸들이었어. 말끔한 새 원룸들은 월세 대신 보증금을 조금씩 내렸고, 거기에 밀린 오래된 원룸들이 먼저 비어가게 되었지. 그곳 중 하나에 이주노동자들의 숙소가 생겼어. 내가 그들을 무서워하거나 거북하게 느낀 건 아니야. 그렇지만 굳이 관심을 가지지도 않았지. 나는 늘 그들을 모른 체 지나다니곤 했어. 고아의 도시 시즌이 되자 그들은 이른 아침과 밤마다 길에 나와서 그렇게 그림처럼 앉아 있곤 했지.

민영은 그들 앞을 지나며 당연하다는 듯 굿 모닝, 하고 인사를 하더군. 휴대폰을 들여다보던 그들이 어리둥절하게 민영을 쳐다보다가 뒤늦게 하이, 하고 말했어. 눈곱을 확인하느라 얼굴을 쓸어내리던 나는 웃음을 터뜨렸어. 예전에 민영에 대해 느끼던 바로 그 감정이 되살아나는 걸 느꼈지. 아무리 자주 생각해도 시간이 가면 흐릿해지는 것들이 있잖아. 수면 아래에 잠겨 있던 기억 하나가 온전히 깨어나는 작은 쾌감이었지.

자취촌이 끝나고 어느덧 일반 주택가가 시작됐어. 사층짜리 교회가 서로 다른 분위기의 두 동네의 경계초소처럼 서 있었어. 교회를 지나자마자 우리는 자전거를 탄 초등학생과 마주쳤지. 된장찌개 냄새며, 베란다 밖으로 걸어놓은 이불에서 나는 향긋한 세제 냄새 같은 것들이 풍겨왔어. 민영은 학생 실내화를 햇볕에 내어놓은 빌라의 창문과 대문 안쪽에 묶어놓은 개에게 눈길을 주면서 천천히 걸었어.

마트는 빌라 몇 채가 마주 선 골목의 모퉁이에 있었어. 동네에서 가장 큰, 슈퍼와 마트 그 사이 어디쯤의 가게였지. 이십 분을 걸어야 하는 그 마트에 가는 것은 오랜만이었어. 요조와 나는 한 달에 한 번쯤 인터넷으로 생수와 특가로 판매되는 레토르트식품, 인스턴트커피나 화장지 따위를 주문했고, 갑자기 필요한 것이 있으면 비싸더라도 학교 앞 편의점에서 사곤 했거든.

민영은 가게 입구에 내놓은 과일과 채소 사이를 돌아다니다가 토마토 봉지를 집어들었어.

—이건 얼마야?

멀뚱히 서 있던 나는 표시판에 적힌 가격을 달러로 계산했어.

—한 봉지에 육 달러 정도네.

—꽤 비싸구나.

러닝셔츠를 입은 주인이 가게 앞에 의자를 내놓고 앉아서 우리가 가게로 들어가는 건 본 체도 하지 않고 전기 파리채를 이리저리 휘둘렀어. 민영은 가게에 들어서면서도 거기서 눈을 떼지 못했지. 그애가 속삭였어.

—저게 뭐야? 라켓같이 생긴 거 말이야.

—모기 같은 작은 벌레를 잡는 거야. 전기로 태워 죽이는 거지.

민영이 인상을 찌푸리며 으웩, 하고 토하는 소리를 냈어.

우리는 우선 마트를 한 바퀴 돌았어. 민영은 샴푸, 두루마리 휴지, 쌓여 있는 초코파이 박스 앞에서도 내게 가격을 묻더니, 두 바퀴째부터는 재빨리 달러로 계산하기 시작했지. 셔츠 깃 전용 세

제와 베이비 로션 따위를 죄다 살펴본 뒤에 환율을 따졌기 때문
에 시간이 오래 걸렸어. 나는 한 걸음 뒤에서 그애를 지켜보고 있
었지.

　—미안해. 이렇게 몇 번 반복하지 않으면 다른 나라의 단위랑
헷갈려서 그래.

　—아니야. 천천히 해.

　민영이 오기 전에 제일 먼저 걱정했던 것은 음식이었지. 그애
는 채식주의자거든. 민영은 내가 처음 만난 채식주의자였지만,
인도에서는 거의 모든 식당에서 채식을 할 수 있었으니까, 그것
이 귀찮은 일이라고는 생각해보지 못했던 거야. 그런데 곰곰이
생각해보니 한국 음식 중에는 민영이 먹을 수 있는 것이 거의 없
었어. 김치나 양념에도 젓갈이 쓰이고, 거의 모든 요리에 고기나
해산물로 우려낸 육수가 들어가니까 말이야. 첫날과 둘째 날에
그애는 내가 다이어트를 하기 위해 사다둔 단백질셰이크와 두유,
빵 같은 것을 먹어야 했어. 이틀 만에 민영은 이것들이 음식이 아
니라는 진단을 내렸지.

　민영은 마늘파스타를 만들 거라고 했어. 우리는 마트를 세 바
퀴 돈 후에야 겨우 바구니에 물건들을 넣기 시작했지.

　—올리브유는 있지?

　민영이 깐 마늘을 집어들면서 물었어.

　—아니. 식용유도 없는데.

　—너랑 네 남자친구는 아무렇게나 살아보기 실험이라도 하던
중이었어?

—카우치 서퍼한테 그런 이야기를 들으니까 기분이 이상해.

—나는 여행을 다니는 동안에도 제대로 된 걸 먹고, 제대로 잠을 자.

—어, 방금 너 할머니 같았어.

나는 괜히 민영을 놀리듯 답했지. 우리는 스파게티 면, 올리브유, 마늘, 샐러드용 채소, 오리엔탈드레싱과 방울토마토, 우유 한 팩을 골라 담고 계산대로 향했지. 주인아저씨가 천천히 가게로 들어왔어. 그가 바코드를 찍기 직전에 나는 내 방에서 칼을 본 적이 없는 것 같다는 사실을 민영에게 고백해야 했지. 우리는 결국 가장 싼 빨간색 과도를 하나 집어들었어.

민영은 집에 가는 내내 손차양을 하고 있었어. 그애는 인도네시아의 농장보다 한국이 더 더운 것 같다고 했어. 민영으로서는 한국의 여름을 겪는 게 처음이었지.

—근데.

막 자취방 골목에 접어들었을 때 그애가 말했어.

—혹시 요조랑 개인적인 시간이 필요하면 언제든지 말해줘.

민영이 야한 소설을 읽기 시작했다고 고백하는 중학생처럼 소곤거렸어.

—크게 말해도 돼. 여긴 들을 사람이 아무도 없잖아.

나는 말을 돌렸지. 나는 요조의 고시원 건물을 올려다봤어. 고시원은 골목 안에서 가장 낡은 건물이었지. 밖으로 나와 있는 파이프가 삭아 외벽 위로 붉은 녹물이 줄줄 흘러 있었어. 그 사이사이에 나 있는 작은 창들에는 쇠창살이 달려 있었지. 말끔한 주변

원룸 건물들 사이에서 홀로 음산했어.

한 달 단위로 계약을 할 수 있어서인지 고시원에서 학기를 보
내는 아이들은 많았어. 그렇지만 그건 '리빙텔' 따위의 간판을 단
신축 고시원의 이야기였지. 요조는 작년부터 그 고시원이 곧 문
을 닫을 거라고 이야기하곤 했어. 총무가 없어졌고, 대신 주인아
줌마가 일주일에 두세 번 청소를 하러 온다고 했지. 방학이 되자
요조의 고시원에는 세 명의 입주자밖에 남지 않았어. 중앙냉방을
하지 않는 대신 주인은 방세를 십만원씩 깎아줬어.

나는 삼층의 네번째 창문을 눈으로 세었어. 그의 방과 내 방의
창은 비스듬히 마주 보고 있었지. 쇠창살 안쪽으로 보이는 요조
의 창은 불이 꺼진 듯 어두웠어.


2


요조는 방학이 시작된 뒤로 바쁘게 서울과 고아의 도시를 오갔
어. 소개받은 스터디로는 모자란지 인터넷에 글을 올려 강독 모
임을 직접 꾸리기도 했지. 일주일에 두 번 스터디에 가는 날이면
요조는 서울에서 밤을 보내고 돌아왔어. 때로는 서울에 사는 지
인들을 만나 술을 마셨고, 때로는 밤새 상수동의 카페에서 책을
읽거나 영화를 보고 사람들을 구경한다고 했어. 요조는 그렇게
조금씩 고아의 도시를 벗어나고 있었어.

그즈음 요조의 얼굴에 번지는 피곤은 학기중의 그것과는 다른

종류 같았어. 내가 그를 처음 만났을 때 요조에게서 느껴지던 묘한 자신감을 되찾은 것 같았지. 나를 앉혀두고 스터디를 함께하는 사람들의 얘기를 시시콜콜 늘어놓기도 했어. 나는 그의 변화가 반가웠지만 그건 단지 지지부진하게 끌어오던 한 시절이 끝났다는 안도감에 가까웠어. 요조를 생각하면 오히려 더 불안했지. 그는 다시 '요조'로 돌아가고 있었어. 나는 그의 농담이 늘어가는 게 어떤 의미인지를 잘 알았지.

나는 나대로 피디 공채의 경쟁률이며, 합격 후기를 찾아보곤 했어. 내내 그것만을 보며 달려오던 사람들에게도 천운이 필요하다는데, 갑자기 준비를 시작한 그가 합격을 할 수 있을까 싶었지.

민영이 오기 전까지 나는 달리 할 일이 없었어. 바에 가는 금요일이 기다려질 지경이었어. 방안이 더워지기 시작하는 열두시 무렵이면 잠든 요조를 두고 혼자서 도서관에 갔어. 오랫동안 앉아 있다보면 한기가 느껴질 만큼 도서관은 시원했거든. 길에서는 잘 마주치지 않던 고아들을 그곳에서 볼 수 있었어. 그래봐야 건물 전체에 있는 사람들의 수를 열 손가락으로 셀 수 있을 정도였지만 말이야. 나는 잡지 코너에 서서 잡지를 읽기도 하고, 디브이디를 보기도 하고, 이전에 별로 가본 적 없는 교육학이나 사회학 코너에 가서 책의 제목들을 읽어보면서 내 집처럼 도서관을 돌아다녔지. 세시쯤이 되면 요조에게서 문자가 왔어. 우리는 늘 자유열람실의 팔 인용 테이블에 대각선으로 마주 보고 앉았어.

피디 시험은 간접체험을 하면 할수록 참 이상한 것이었어. 교양 피디가 되기 위해서 필요한 것이라는 점에서는 납득이 갔지만,

그걸 죄다 아는 사람이 있어야 한다는 건 좀 이상했지. 요조는 국사, 근현대사, 사회문화 따위의 사회탐구 영역 고등학교 교과서를 죄다 구해다가 읽기 시작했고, 보수와 진보의 일간지를 따로 읽었고, 새로운 형식으로 주목받았던 해외 다큐멘터리를 내려받아 보거나, 문학사와 미학사를 빨리 훑기 위해 인터넷 강의를 2배속으로 들었어.

그런 요조의 앞에서 관심도 없는 내용의 책을 느슨하게 읽어나가다보면 나는 어느 순간 견딜 수 없는 기분이 되었어. 소설을 쓰러 간다며 짐을 챙겨 과방으로 가버리곤 했지.


# 3


샤워를 마치고 나왔을 때 민영은 스파게티를 만들고 있었어. 욕실에 차 있던 증기와 냄비에서 빠져나온 증기가 합쳐져서 작은 방을 가득 채웠어. 나는 에어컨을 제습모드로 가동시키고 바닥에 앉아서 드라이어를 콘센트에 꽂았지. 민영은 재빠르게 움직였어. 면을 삶은 냄비를 다시 헹궈서 물기를 닦아내곤 가스레인지 위에 올렸어. 그건 우리집에 하나뿐인 양은냄비였지. 민영이 거기에 올리브유를 둘러 편으로 썬 마늘을 볶았지. 알싸한 냄새가 퍼졌어. 귓가에서 윙윙거리는 드라이어 소리와 민영이 덜그럭거리는 소리가 합쳐져 기분 좋은 소음을 만들어냈어. 내 방이 낯설게 느껴졌어. 그렇게 복작거리는 소리가 방을 채우는 것이 오랜만이기도 했지만, 그 방에서 제대로 된 음식을 만들어본 적이 없었거든.

─거의 다 됐단 말이야. 얼른 전화해.

─아니야. 갠 못 일어날 거야. 오늘도 두시쯤에야 일어나겠지.

─우리끼리 먹고, 이따 밥 안 먹은 요조를 도서관에서 보자고?

민영은 싱크대에 달린 서랍장에서 일회용 그릇을 찾아 꺼내면서 무심하게 되물었는데, 나는 왠지 기분이 상했어. 그애가 왜 갑자기 보모 노릇을 하려 하는지 알 수 없었지. 그래도 민영과 부딪치기는 싫었어.

자고 있을 거라 생각했는데 의외로 요조는 금방 전화를 받더군. 마치 기다리고 있던 것처럼 말이야. 시간을 확인해보니 겨우 열두시 무렵이었지. 요조는 밥 생각이 없다고 했고, 나는 민영에게 전화기를 넘겨버렸어. 스파게티가 불어서 퉁퉁해질 즈음에야 요조가 넘어왔어.

우리는 바닥에 삼각형으로 모여앉았어. 가운데는 샐러드를 놓아두고, 각기 스파게티가 든 그릇을 손에 들었지. 셋이 앉자 방이 가득찼어. 민영의 음식은 아주 맛있지는 않았지만 담백했어. 요조와 나는 서로 싸우고선 저녁 밥상머리에 불려나와 앉은 사춘기 남매 같았지. 민영을 데리러 갈 때 하던 이야기를 요조와 나는 마무리짓지 못했어. 민영이 요조와 나 사이의 팽팽함을 느끼지는 않을까 걱정했지.

우리는 금세 깨끗하게 그릇을 비우고는 저마다 벽에 기대 늘어졌어. 민영은 아이패드를 꺼내 페이스북을 했고, 요조는 휴대폰으로 신문을 읽었지. 그는 집으로 돌아갈 생각이 없는 듯 에어컨

아래에 드러누웠어. 타임라인을 모두 읽었는지 민영이 아이패드
를 내려놓았지.

　—피디 시험 준비한다며?

　그애가 요조에게 물었어.

　—응. 우리나라에선 나같이 늙은 사람이 볼 수 있는 몇 안 되는
입사시험이야.

　머릿속으로 영어 문장을 만드느라 좀더 느려진 요조의 말투는
평소보다 한층 더 빈정대는 것처럼 들렸지. 나는 거기에 악의가
없다는 걸 알았지만, 사람들은 때때로 그런 요조를 오해하곤 했
어. 하지만 민영은 그런 요조의 말투를 알아차리지 못하거나 신
경조차 쓰지 않는 듯했지.

　—그래서 얼굴 보기가 힘들구나.

　—그냥 노는 거나 마찬가지야.

　—근데 왜 만날 서울까지 가?

　—여긴 아무도 없잖아. 여기만 있다보면 현실감각이 떨어져.
너도 얼른 다른 도시들 구경 다녀.

　—그럼 우리 셋이 서울에 가도 되겠다. 너는 영감을 얻고, 나는
구경하고.

　민영이 내 동의를 얻으려는 듯 눈을 맞췄지. 나는 고개를 살짝
끄덕였어. 요조가 민영에게서 아이패드를 건네받았어. 그는 그림
앱을 연 다음 스크린 가득 타원을 그렸어. 동그라미를 지나는 선
을 꼬불꼬불하게 그리고, 또 한번 겹쳐 그렸어. 그건 한강인 것 같
았어. 내가 서울? 하고 물었지. 요조는 말없이 타원 속에 네 개의

점을 찍고 그것들을 직선으로 이었어. 북촌과 광화문, 홍대와 명동이 별자리처럼 놓였지.

잠시 후 요조는 슬그머니 자기—그때는 민영이 쓰고 있던—이불로 기어들어가서 잠이 들었어.

4

인도에서도 힌디어와 벵골어를 몇 마디 하던 민영은 한국말도 배우고 싶어했어. 나는 그애에게 간단한 인사말들을 알려줬어. 어쩌다 플라타너스 길이나 학교 정문에서 아이들을 마주칠 때면 민영은 어김없이 '안녕' '안녕하세요' 하고 인사를 건넸어. 그애들은 민영이 자신에게 말을 걸었다는 것을 믿지 못하겠다는 듯, 두리번거리다가 서둘러 자리를 뜨곤 했지. 그걸 몇 번 반복한 후에 민영은 우리처럼 그냥 고아들을 지나쳐다니게 되었지. 그애는 인사말들을 금세 잊어버렸어. 고아의 도시에서는 새로운 사람을 사귀게 될 일이 없었으니까.

그런데 어느 날엔 민영이 정색을 하면서 정말로 한글과 한국어를 조금이라도 배우고 싶다고 이야기하더군. 나는 인터넷에서 외국인들이 쓰는 교재들을 찾아봤어. 어떤 페이지에서 찾아낸 '하다'의 변형을 보고 나는 깜짝 놀랐어. 나는 장난으로 그걸 민영에게 보여줬어.

해요. 한다. 합니다. 했어. 했어요. 했습니다. 할 거야. 할 거예요. 할 거다. 할 겁니다. 하겠어. 하겠어요. 하겠다. 하겠습니다. 해? 해요? 하니? 합니까? 했어? 했어요? 했니? 했습니까? 하세요. 해라. 하십시오. 해. 해요. 하자. 합시다. 하면. 하고. 함.

나는 민영이 그걸 보고 질려버릴 거라고 생각했지. 웃음을 터뜨릴 준비를 하고 있었어. 그런데 민영이 한참이나 진지하게 모니터를 들여다보더니 그걸 프린트해달라고 하는 거야. 그애는 그 종이를 주머니에 넣고 다니면서 틈이 날 때마다 꺼내 외우기 시작했지. 요조는 목적어도 없이 반복해서 '하자'는 얘기를 하는 민영을 보고 미친 듯이 웃더군.

요조와 함께 서울에 가기로 한 일은 차일피일 미뤄졌지. 나는 민영에게 가고 싶은 곳이 생기면 언제라도 이야기하라고 했어. 그런데 민영은 거의 일주일이 다 되도록 고아의 도시에만 머물렀어. 그애는 이곳이 마음에 든다고 했지.

몇 년간 혼자 살아온 내가, 요조와의 생활을 처음 시작했을 때 그토록 힘들었던 것처럼, 민영과 지내는 일 역시 자연스럽게 되지는 않았어. 여행에서 그애를 만나 함께 지냈던 것과 내 생활 속으로 그애가 들어온 것은 전혀 달랐어. 나는 내 집에서도 화장실에 들어가 옷을 갈아입고, 내내 방귀를 참곤 했어. 요조와 나는 방안에 옷을 늘어놓아도, 재활용 쓰레기를 일주일씩 모아놓아도 별로 신경쓰지 않는 편이었다면, 민영은 자질구레한 물건들이 모두 서랍이며 수납상자 속에 숨어 있는 말끔한 상태를 원했지.

며칠이 지나자 우리의 생활에도 나름의 패턴이 생겨났지. 민영과 나는 매일 오전에 산책을 하듯 장을 보러 갔어. 민영은 몇 가지 음식을 할 줄 알았지. 삶은 계란을 넣은 샐러드와 파스타를 자주 만들었고, 어떤 날엔 토마토와 치즈가 들어간 호밀빵샌드위치를, 어떤 날엔 애호박과 당근을 듬뿍 넣은 볶음밥을 만들었어. 물과 우유, 맥주, 고작해야 시켜 먹고 남은 음식들이 들어 있던 자그마한 냉장고가 채소들과 갖가지 양념들로 채워졌어.

요조는 늘 밥을 먹으러 오지는 않았어. 하지만 민영이 직접 전화를 건 날에는 거절하지 못했지. 그렇게 같이 아침 겸 점심을 먹고 도서관에 가던 날이면 우리는 아주 좋아 보였을지도 모르겠어.

민영은 셋이 함께 있을 때 인도에서 우리에게 집을 내줬던 가족의 이야기나, 종종 가던 현지인 식당의 이야기 따위를 하곤 했는데, 나는 그때마다 요조의 눈치를 살폈어. 요조는 이따금 우리의 이야기에 관심을 보였지만 「텀블링플랜트」에 대한 이야기를 한 적도 없었고, 민영과 내 사이를 의심하지도 않는 눈치였지.

요조가 일이나 스터디에 가고 나면 민영과 나는 학교 뒤쪽의 공장지대와 뒷산, 주택가로 구석구석 산책을 다녔어. 민영은 해가 질 즈음에는 언제나 앉을 만한 곳을 찾았지. 우리는 매일 벤치나 인도와 차도 사이의 턱에 걸터앉아 하늘을 올려다봤어. 이전에 내가 그 도시에서 일부러 노을을 기다린 적은 한 번도 없었어. 그건 남는 시간이 있느냐 하는 것과는 별로 관계없는 일이었지. 서울에 비하면 공기가 맑아서인지, 늘 조금씩 다른 온도의 색으로 저물어가는 노을을 볼 수 있더군.

그러고 보면, 민영은 그저 고아의 도시로 여행을 온 게 아니었어. 그애가 나에게로 여행을 데려온 거야.


# 5


우리 셋은 버스 맨 뒷자리에 나란히 앉았어. 창에 달린 와인색 커튼에서 햇볕에 바싹 마른 천냄새가 났어. 아침에 버스를 타는 건 오랜만에 있는 일이었어. 아주 멀리까지 소풍을 가는 기분이 들었지. 빛이 들이쳐 나풀거리는 먼지가 보이는 그 버스는 매주 아르바이트를 가기 위해 타던 버스와는 전혀 다른 것만 같았지. 버스가 국도에 접어들 때까지 요조는 터미널에서 산 신문을, 민영은 휴대폰을 들여다보고 있었어.

—뭐 봐?

내가 민영에게 물었어. 그애가 내게 휴대폰을 내밀었어. 거기에는 『론리 플래닛』 서울 편이 떠 있었어. 나는 서점에서 파리나 도쿄 편 『론리 플래닛』을 뒤적거려본 적이 있었지. 하지만 서울 편이 나와 있을 거라고는 생각해본 적이 없었어. 아마 자국에는 출판이 되지 않는 모양이었어. 민영은 한국에 오기 전에 그걸 인터넷에서 내려받았다고 했지.

서울 편 『론리 플래닛』은 이렇게 시작됐어.

개정판 서문

부드럽고 느긋한 아시아를 꿈꾸는 사람이라면 서울을 지나쳐도 좋다. 홍보 영상에서 보았던 부드러운 탈춤, 색색의 한복은 이곳 서울에 없다. 지난해 론리 플래닛 홈페이지에서 진행한 '당신이 가장 증오하는 도시' 투표에서 미국의 디트로이트, 가나의 아크라에 이어 서울이 3위에 선정됐다. 십 년째 서울에서 거주하며 아시아 각국을 여행해온 론리 플래닛 기자 네이트 하이는 서울을 다음과 같이 표현했다. '형편없이 반복적으로 뻗은 도로들과 소련식의 콘크리트 아파트 건물들, 심각한 환경오염 속에는 어떤 마음도, 영혼도 없다. 숨막힐 정도로 특징이 없는 이곳이 사람들을 알코올중독자로 몰아가고 있다.'*

많은 여행자들이 우리의 이런 평가가 지나치게 가혹하다는 내용의 항의 이메일과 트윗을 보내오기도 했다. 실제로 서울을 계속해서 방문하는 배낭여행자들과, 그곳에서 새로운 생활을 준비하는 외국인들 역시 많은 것이 사실(이것은 영어권 국가의 여행자들이 서울에서 많은 일자리를 찾을 수 있는 것과 관계가 있다)이다.

이번 개정판을 준비하면서 우리는 이런 양극의 평가에 모두 수긍하게 되었다. 우리 팀은 모든 도시에는 고유한 아름다움이 있다고 믿고, 서울의 그것을 독자 여러분에게 정확하게 보여주기 위해 노력했다.

---

* 'Your 9 most hated cities', Lonely Planet, 2009.

『론리 플래닛』의 솔직한 평가에 대해서는 익히 알고 있었지만 서울에 대해 유독 냉정히 써놓은 그 글을 보니 웃음이 터져나왔지. 왠지 통쾌한 기분이 들었어. 나는 휴대폰을 요조에게 넘겨줬지. 요조는 아예 첫 문단을 다 읽기도 전에 코웃음을 치더라고.

다음에는 이런 내용이 이어졌어.

입국하기

육로 접근은 불가하다. 당신이 기억해야 할 곳은 서울의 위성도시 '인천'이다. 시계방향으로 세계일주를 하는 여행자라면 중국의 천진에서 배를 타고 인천으로 진입할 수 있다. 운항 횟수가 많은 방콕, 쿠알라룸푸르 등 동남아 도시에서 출발한다면 유리한 가격에 항공권을 구입할 수 있다. 저가항공사 '에어아시아'를 이용해보자. 만약 당신이 항공권 가격에 구애받지 않는다면 세계의 거의 모든 나라에서 '인천'으로 진입할 수 있다.

난이도/위험도 : 하

아시아의 다른 국가들과 남미는 물론이고, 북유럽과 미국의 대도시들보다 사정이 낫다. 분쟁국가의 긴장을 떠올리기 쉽지만 실제로 여행을 할 때 위협이 되는 요소는 극히 적다. 아시아의 인도-파키스탄 접경지역이나 게릴라가 출몰하는 태국-라오스 국경지역보다 훨씬 안전하다(자국 대사관의 지침을 따르길 권고한다. 이 부분에 대해서 론리 플래닛은 아무런 책임을 갖지 않음을 명시한다). 이 도시에선 여성 백패커들에게도 밤 외출이 허락된다. 도시의 모든 곳에서 새벽까지 아무런 위협 없이 한국의 음주문화를 즐길 수 있고, 홍대, 이태원에서 클럽 문화와 동대문에서 야간에만 열리는 쇼핑몰을 즐길 수 있다.

요조는 자신의 휴대폰을 꺼내 『론리 플래닛』을 옮겨적었지. 민영은 이해하지 못하겠다는 듯 나를 쳐다보며 어깨를 으쓱하곤 미간을 찌푸렸지. 버스는 어느덧 서울 톨게이트에 진입하고 있었어. 수많은 자가용들과 버스들 사이에 멈춘 듯 천천히 말이야.

우리는 터미널에 내려서야 가고 싶은 곳을 정리하기 시작했지. 민영은 전에 한국에 왔을 때 머물렀다는 강남역 쪽에는 갈 필요가 없다고 했고, 『론리 플래닛』이 '일본인과 중국인에게 쇼핑의 성지'라고 지칭한 명동과 동대문 역시 후보에서 빠졌지. 민영은 북촌과 삼청동 코스를 골랐어. 하지만 얼마 전에 북촌에 다녀온 요조가 반대를 했지.

—네가 가고 싶다면 가겠지만, 거긴 완전히 가짜야. 돈 있는 사람들이 한옥을 사서 게스트하우스랑 괴상한 민속박물관 따위를 잔뜩 지어놨다고.

우리는 한참 동안 터미널 화장실 앞 플라스틱 의자에 앉아서 『론리 플래닛』 목차를 들여다봤지. 아침부터 준비해 나온 것이 머쓱해질 정도였어. 결국 결정된 곳은 홍대였어. 책에는 이렇게 적혀 있었어.

우리는 매년 개정 때마다 우리가 이미 소개했던 가게들을 찾는 데 많은 시간을 써야 했다. 그 가게들이 있던 자리에 국제기업의 프랜차이즈들이 들어서고, 그 가게들은 외곽으로 밀려나 있었다. 홍대의 중심가는 이제 완전히 특색을 잃었지만, 그로부터 벗어나면 여전히 좋은 가게들과 갤러리, 공연장을 만날수 있다.


6


우리는 지하철 역사를 빠져나갈 때부터 줄을 서야 했지. 나는 내 앞뒤로 계단을 한 칸씩 차지한 요조와 민영 사이에서 잠시 현기증을 느꼈어. 일요일이라서인지 홍대에는 유난히 사람이 많았어. 휴대폰가게에서 틀어놓은 커다란 음악소리와, 물건을 구경하느라 느리게 움직이는 사람들, 이따금씩 그 사이를 헤집고 들어오는 자동차 때문에 우리는 한 줄로 걸어야 했어. 앞장선 요조가 곧장 합정동 쪽으로 방향을 잡았지. 상상마당을 지날 때까지 거리가 마치 콘서트장처럼 사람들로 빽빽했어. 민영이 종종 뒤돌아보며 말을 걸었지만 주변 소리에 묻혀 알아들을 수가 없었지.

갑자기 무언가 배를 강하게 누르는 듯 아찔한 현기증이 몰려왔어. 나를 돌아본 민영이 다가와 내 어깨를 잡았어. 눈앞에 아무것도 보이지 않고 점점 내 몸안으로 빨려들어가는 듯 어지러움이 심해졌지. 나는 왈칵 신물을 쏟아냈어. 정신을 차리고 보니 요조와 민영이 사람들에게 이리저리 치이면서 나를 잡고 서 있었지.

나는 여름이 시작된 이후로 사람들이 많은 곳에 갈 때마다 종종 어지러움을 느끼곤 했어. 주로 아르바이트하러 가는 서울의 만원 지하철이나 버스에서였지. 밀폐된 그곳에 산소가 모자라는 것 같다는 생각과 함께 어지러움이 몰려왔어. 가만히 심호흡을 하고 침을 모아 꿀꺽 삼키고 나면 괜찮아지곤 했기 때문에 나는 그걸 대수롭지 않게 넘겼어. 속이 좋지 않아서 멀미가 오는 것이라고 생각했어. 그런데 그날은 달랐지. 어쩌면 그런 현상이 계속될지도 모른다는 불안감이 섬뜩하게 나를 지나갔어. 나는 멋쩍게 웃으면서 그들의 손을 놓았어.

우리는 동교동, 합정동과 상수동의 외곽을 따라 걸어다녔어. 골목들은 계속해서 우리를 거대하게 퍼져 있는 홍대의 번화가 쪽으로 데려다놓았고, 우리는 다시 한적한 곳을 찾아 그곳을 빠져나갔지. 게임을 하는 것 같았어. 번화가를 둘러싼 모든 골목에는 카페와 레스토랑이 들어차 있었지. 저마다 라틴아메리카나 아프리카, 남아시아 같은 제3세계 국가의 분위기를 따오거나 그곳의 음악을 틀어둔 가게들이었어. 처음에 우리는 그 가게들 하나하나를 들여다보며 감탄했지. 하지만 이내 그것들에 질리고 말았어. 더운 나라의 짜고 기름지며 향신료가 많이 들어간 음식을 계속해서 먹은 것처럼 말이야. 세 시간이 넘게 걸어다녔지만 결국 『론리 플래닛』에 나와 있는 곳을 다 돌아보지는 못했지. 우리는 어느 건물 옥상에 있는 쿠바풍 카페에서 커피를 마시며 멍하니 그 거대한 동네를 내려다보았어.

# 7

사람들은 닫힌 후원의 문 앞에 줄을 서서 달뜬 표정으로 일행과 이야기를 나누었지. 투어에 참가한 사람들 중 절반쯤은 한국인이었고, 나머지 절반쯤은 외국인들이었어. 익숙한 리듬의 언어 사이로 좀더 둥글거나 좀더 각이 진 외국어들이 들려왔어. 종일 투어를 고대하던 민영 역시 고개를 빼들고 서 있었지. 아홉시 정각이 되자 이어마이크를 얼굴에 매단 여자가 후원의 문을 열어주었지. 우리는 그녀와 함께 돌담을 따라 걸어올라갔어.

양쪽으로 늘어선 청사초롱이 길을 밝혔지. 길가에 있는 나무들은 그 빛을 받아 흐릿하게 잎사귀를 드러냈지만 녹지 안쪽은 깊이를 가늠할 수 없이 어두웠어. 민영은 설명을 잘 듣기 위해서 조금 앞쪽으로 걸어갔고, 나와 요조가 뒤를 따랐지. 축축하고 서늘한 바람 끝에 진한 풀냄새가 났어. 유니폼을 입고 머리를 말끔하게 틀어올린 직원이 투어의 이름이 달빛기행인 이유를 아느냐고 물으며 하늘을 올려다보게 했지. 그녀가 손가락으로 가리킨 곳에 만월이 걸려 있었어. 곧 후원의 역사를 알리는 첫 안내판이 나왔고 사람들이 멈춰 섰어. 직원이 이곳은 왕족들만이 이용할 수 있었던 정원이라며, '시크릿 가든'이라는 후원의 별칭에 대해 설명했지. 대부분의 여행객들은 후원에 대해 잘 몰랐던 듯 그녀의 말을 들으며 저마다의 언어에 어울리는 감탄사를 작게 내뱉었어.

부용지라는 연못에 다다르자 사람들은 커다란 렌즈가 달린 카메라를 꺼내들었지. 그들은 커다란 사각형 형태의 연못과, 그 연못에 초석 두 개를 담그고 있는 정자를 찍어댔어. 민영과 요조는 사람들과 함께 흩어졌는지 보이지 않았어. 나는 외국인들이 렌 즈를 들이대는 곳을 다시 한번 보았어. 정자 안쪽에 조명이 달려 있어서 연못 위로 그림자가 또렷이 아른거렸어. 직원은 숭례문 의 소실 이후 화재를 막기 위해서 조명을 많이 줄였고, 이곳에 설 치되어 있는 것은 투어를 위한 임시조명이라며 길이 어두운 것에 대해 양해를 구했지. 직원은 그곳에 대한 설명을 끝내고 손전등 으로 길 뒤쪽에 있는 공중 화장실을 비추었어. 십 분간의 휴식시 간이었지.

—민영, 나 먼저 나가 있을게.

나는 민영이 들어간 화장실 칸을 향해 말했어. 화장실을 채 한 발짝도 나서기 전에 민영이 뛰어나오며 나를 불러세웠어. 화장실 문은 큰길가를 향해 나 있었고, 건물의 오른쪽 귀퉁이부터 그 뒤 쪽은 모두 나무와 풀로 뒤덮인 야트막한 언덕이었지. 민영이 건 물 뒤쪽 모퉁이로 나를 잡아끌었지. 곧 요조가 화장실에서 나오 는 게 보였어.

—요조, 이리로 와봐.

민영이 그를 불렀어.

나는 민영이 하는 이야기가 도무지 말이 되지 않는다고 생각했 어. 나는 동의를 얻기 위해 요조를 쳐다봤어. 그런데 요조가 눈을 반짝이며 고개를 끄덕이는 거야. 민영은 조명이 닿지 않는 녹지 안쪽으로 성큼성큼 걸어올라갔고, 요조가 나를 민영 쪽으로 끌었어. 우리는 소나무 아래 웅크리고 앉았지.

—야, 들킬 거야. 이 또라이들아.

나는 화를 냈어.

휴식시간이 끝나 직원과 관광객들이 다시 정자 앞에 모여 줄을 섰지. 곧 그들은 우리가 올라온 반대쪽 길로 걷기 시작했어. 나는 요조와 민영의 얼굴을 쳐다봤어. 얼굴의 윤곽만 흐릿하게 보일 뿐, 그애들이 어떤 표정을 짓고 있는지 알 수 없었어. 나는 더욱 불안해졌지.

—이제 어쩔 수 없어.

요조가 소곤댔지. 갑자기 마구 가슴이 뛰었어. 몇 분인가 시간이 흐르자 서서히 멀어지던 발소리와 목소리 들이 완전히 사라졌지. 침묵이 어둠을 한층 짙게 만들었어.

—여기서 좀 기다려야 할 거야. 우리가 마지막 투어였으니까 경비를 돌지도 몰라.

—그럼 화장실에 있으면 안 돼? 여기서 언제까지 기다려.

—건물 주변에는 감시카메라나 동작 감지센서 같은 게 있을 거야. 조금만 기다리자.

요조가 내 손을 꽉 잡았다가 풀어주었지. 내가 계속 불안해하자 민영은 휴대폰으로 아침 첫 투어시간을 검색하며 그때 빠져나갈 계획을 세웠지.

—괜찮을 거야.

그애가 어둠 속에서 내 눈을 마주 보려 하는 게 느껴졌어. 우리는 나무 아래에 양반다리를 하고 앉았어. 땅에서 축축한 냉기가 올라와 바지와 엉덩이를 적셨지.

얼마 안 지나 길목에서 무전기 소리와 발소리가 났어. 나는 입을 다물고 허리를 곧추세웠지. 곧 경비원 셋이 모습을 드러냈어. 우리가 쪼그리고 앉은 곳은 그들이 화장실 입구에서 건물 뒤쪽으로 비스듬히 손전등을 비추면 훤히 드러날 위치였어. 민영은 성벽 쪽으로 좀더 올라가자고 소곤댔지만, 요조는 성벽에도 센서가 있을 수 있다고 했지. 가장자리에 앉은 내가 고개를 빼들고 그들을 힐끔거렸어. 세 개의 손전등 불빛은 잠시 연못과 정자 쪽을 비추더니 화장실 건물 앞을 스쳐 지나갔어.

그들이 어딘가로 무전을 보냈고, 곧 우리 시야에 있는 모든 조명들이 꺼졌지. 완전한 어둠이었어. 우리는 천천히 저린 다리를 풀고 휴대폰으로 발밑을 비춰가며 나무들을 짚고 언덕 아래로 내려갔지. 한 걸음씩 내디딜 때마다 저릿저릿 아랫배가 아팠어. 휴대폰 손전등을 켠 요조를 따라서 우리는 조심스럽게 연못으로 걸어갔지.

우리는 샌들을 벗어 등뒤에 놓고, 연못 가장자리에 걸터앉았지. 발끝에 물이 닿을 듯 말 듯 했어. 연못의 네 모서리는 어둠에 둥글게 싸여 사라졌어. 반대쪽 끝이 아득해서 넓이를 가늠할 수가 없었어. 물비린내가 올라왔지. 점점 어둠에 익숙해지면서 거리를 두고 내 양쪽에 앉은 요조와 민영의 옆얼굴이 눈에 들어왔지. 시커먼 물위로 내려앉은 달빛이 바람이 불 때마다 잔잔하게 일렁였어.

우리는 한동안 말없이 거기에 앉아 있었어. 물에서 올라오는

서늘한 기운 때문인지, 누가 온다 해도 우리를 쉽게 찾을 수 없을
만큼 짙은 어둠에 쌓여 있다는 생각 덕인지 서서히 긴장이 풀렸
어. 낮에 땀을 삘삘 흘리며 돌아다닌 게 며칠 전의 일처럼 느껴졌
어. 풀벌레들이 우는 소리가 났어. 여기에 닿기 위해서 하루종일
사람들 사이를 돌아다닌 것이 아닌가 하는 생각마저 들었지.

먼저 정적을 깬 건 민영이었어.

—E2비자 없이도 자리를 얻을 수 있대.

그애는 낮고 조용한 목소리로 말했는데, 목이 잠긴 것처럼 쉰
소리가 났어. E2비자가 영어권에서 사 년제 대학을 졸업한 사람
들에게만 나오는 교육직을 위한 비자라는 건 전에 민영에게서 들
은 적이 있었어.

—너 한국에서 일할 생각이 있는 거야?

발밑을 내려다보던 요조가 고개를 들고 물었어.

—난 어디서든 일했잖아. 자카르타에서도 몇 달 동안 일했고.
그런데 이번엔 한국에 좀 오래 머물러볼 생각으로 온 거야.

—정착하려고?

요조가 물었어.

—그 단어는 좀 거창하게 들린다. 그냥 이제 여행 다니는 게 좀
지겨워졌어. 계속 사람들을 만나고 헤어지고, 또 어딘가에 익숙
해진 다음 다시 떠나는 게. 평생 그렇게 할 수 있다고 생각했는데
말이야.

다시 한동안 정적이 흘렀어. 나는 왜 민영이 한국에서 지내보
겠다고 하는 것이 내 마음에 나쁜 파장을 일으키는 건지 알기 힘

들었지. 그 주제넘는 감정이 어디서 오는 건지 곰곰이 생각했어. 한 방향으로 퍼지는 물결을 오래도록 바라보자 마치 호수나 바다처럼 끝없이 넓은 물위에 배를 띄우고 있는 것 같았어.

—왜 한국인데? 이제 한국에 대해 알고 싶어졌다거나, 그런 거야?

내가 물었어.

—아니. 나는 여전히 한국이 나한테 특별한 곳이라고 생각하지는 않아. 그냥, 여기에서 내가 영어를 가르칠 수 있다면 그것도 나쁘지 않은 것 같아서…… 그런데 너희도 그렇고, 전에 내가 한국에 왔을 때 소파를 내줬던 지니도, 다들 왜 그렇게 한국을 미워하는지 나는 잘 모르겠어. 너희도 지금 내가 느끼는 걸 느끼고 있다고 나는 거의 확신하는데.

—글쎄. 이런 경우는 드물잖아. 지금도 네가 제안한 상황이고.

요조가 말했어.

—그럼 가끔 이렇게 하면 되잖아. 나한텐 더 좋거나 그저 그런 나라들은 있었어도, 정말 싫은 나라는 없었는데.

—그건 네가 여행중이기 때문이야.

—여행하듯 지내는 건 안 돼?

—이런 게 아닐까.

요조가 천천히 말을 이었어.

—사람들이 학교나 직장에서 만나는 사람보다 가족들에게 더 냉정한 평가를 내리곤 하는 건, 가족들과는 계속 엮여서 살아야 한다는 것 때문이잖아. 도시에 대해서도 마찬가지지. 너도 막상

어느 도시에서 평생을 살아야 한다고 생각하면 그걸 다 껴안을
수 없을걸.

　나는 요조가 좀 경솔했다고 생각했어.

　—민영. 있지, 요조는 자기는 가족들과 연락을 다 끊었으면서
모든 걸 다 참고 있는 어른인 척 이야기하네.

　화를 낼 줄 알았는데 요조는 오히려 웃었어.

　—그래. 우리 모두한테 다 해당이 안 되는 얘기를 했네.

　민영도 그를 따라 웃었지.

　—너넨 형제 있어?

　민영이 물었지.

　—난 여동생이 있지. 걔는 나랑 달라. 완전 정상이야. 걘 지금
의학대학원에 다녀. 의사랑 약혼도 했었지. 엎어지긴 했는데. 아
무튼 내가 부모님 몰래 학자금대출 받아서 돈 쓰고 다닐 때, 걔는
과외로 용돈 벌고 학교에선 장학금도 받았어.

　요조는 한껏 과장하면서 말했어.

　—얘네 오빠도 완전 병신이야.

　요조가 말했고, 민영이 키득거렸지.

　—없는 거나 마찬가지야.

　내가 말했지.

　—없는 거나 마찬가지야.

　요조가 말했지.

　—없는 거나 마찬가지야.

　민영이 말했어.

긴장이 풀리면서 잠이 몰려왔어. 온통 몽롱했지. 나는 어쩌면 그전까지 민영이 언제까지나 소파를 옮겨다니면서 지내기를 원했는지도 모르겠어. 그렇게 살아가는 사람이 있다는 것만으로도 위로가 될 것 같았거든. 당신도 알다시피 그애를 처음 만났을 때 나는 무척 지쳐 있었어. 나는 민영의 입장에 대해 생각하지 않으려 했지. 씩씩하게 보이는 그애에게 일방적으로 이해받고 싶었던 거야. 나는 분명 마음속으로 그런 생각들을 했는데, 왠지 그 비현실적으로 조용한 곳에서는 민영과 요조가 내 생각을 모두 들을 수 있는 것처럼 느껴졌어.

—그래. 민영. 돈을 벌어버려. 그리고 소파를 사서 카우치 서퍼들에게 소파를 빌려주는 사람이 되자. 나도 돈을 많이 벌어서 소파를 살 거야. 초록색으로.

나는 부끄러움을 감추느라 부러 밝게 말했어.

—응. 며칠을 누워 자도, 등 안 배기는 침대처럼 커다란 걸로 살 거야.

민영이 말했고.

—나는 진짜 가죽소파.

요조가 덧붙였지.

등뒤로 해가 떠오르는 게 느껴졌어. 연못 위에는 이제 붉은빛이 더해져서 물결이 더욱 심하게 요동치는 것 같았지. 푹신한 삼인용 소파를 타고 어디론가 떠내려가는 중인 듯했어.

## 8

집에 도착했을 때는 이미 정오에 가까운 시간이었고, 우리는 세수도 하지 않은 채 그대로 잠이 들었어. 얼마나 잤을까, 문득 눈이 떠졌어. 방은 검푸른빛에 잠겨 있었고, 모기 몇 마리가 잉잉대며 날아다녔지. 반쯤 몸을 일으켜앉았지. 발치에서 선풍기가 덜덜 소리를 내며 회전하고 있었어. 어제의 일이 모두 꿈의 한 자락인 듯 흐릿하게 떠올랐지. 등이 땀에 젖어 있었고 목이 말랐지. 나는 냉장고를 노려봤어. 벌떡 일어나 차가운 생수를 꺼내 마시고 싶었지만 왠지 몸에 힘이 들어가질 않았어. 돌아보니 요조는 내 왼쪽 벽에 붙어 잠을 자고 있었고, 오른쪽에는 입까지 살짝 벌린 채 민영이 잠들어 있었지. 그애들의 평온한 얼굴을 보자 다시 잠이 몰려왔어. 나는 눈을 감았지.

이상한 꿈을 꿨어. 우리 셋은 초승달 모양으로 휜 해변을 걷고 있었지. 사람이 없고 아주 길고 야자수가 늘어선 멋진 해변이었어. 모래에 발이 푹푹 빠져서 다리가 무거웠어. 한참을 말없이 걷다가, 난데없이 시작된 일몰에 걸음을 멈췄어. 해가 바다 한가운데로 떨어졌지. 둥그런 해가 수면 아래로 가라앉고, 마지막으로 흐릿한 주황빛이 악을 쓰며 하늘에 머물렀어. 어두워지기 전에 돌아가자며 서둘러 다시 걷기 시작했는데, 어찌된 일인지 나 혼자였지.

나는 자꾸만 넘어졌어. 사슴과 호랑이와 쥐와 개미핥기와 요크셔테리어와 코리안숏헤어의 따뜻하고 말랑말랑한 다리에 걸려서 말이야. 내려다보니 그것들은 모두 악의 없는 표정으로 잠들어 있었지. 저 멀리 사람의 그림자가 어렴풋이 보였어. 나는 그것이 민영이나 요조라고 생각했지.

　나는 넘어졌다 일어나기를 반복하면서 그림자를 향해 갔어. 그림자는 남자의 모습으로, 여자의 모습으로, 또 아이나 노인의 모습으로 자꾸만 변했어. 그를 불러보려 했지만 목에서는 바람이 새어나가는 소리만이 흘러나왔지. 사위가 점점 어두워졌어. 파도 소리도 차츰 사나워졌지. 나는 동물들 옆에 가만히 누웠어. 마지막 빛이 사그라질 때 그림자가 나를 향해 천천히 고개를 돌렸지. 그건 당신이었어. 그러곤 완전한 어둠이었지.

　민영이 다들 일어나라며 소리를 질렀어. 아침햇빛이 비스듬히 창으로 들어오고 있었어. 일어나자마자 화장실로 들어간 요조가 오줌을 누는 소리가 문밖으로 들려왔고, 민영은 베란다로 넘어가서 문을 활짝 열어젖혔지. 나는 외롭다는 생각을 했어.

# 장마

## 1

고아의 도시에 장마가 찾아왔어. 활짝 펼쳐진 우산 같은 플라타너스 위로 비가 쏟아졌어. 떨어진 잎들이 길목마다 쌓여갔지. 어쩌다 길가에서 고아들을 마주치는 일도 그즈음부턴 생기지 않았고, 자취촌 골목을 걷다 듣곤 했던, 그들이 방안에서 내는 작은 소리들도 빗소리에 모두 묻혀버렸어. 해가 반짝 나면 밖으로 나갔다가 이내 비에 젖어 들어오는 일을 한동안 반복했어.

창을 열어두고 방에 앉아 있을 때면 종종 빗소리에 귀를 기울이게 되었어. 그건 다른 도시의 빗소리와는 완전히 달랐지. 젖은 길을 내달리는 차소리도, 차박차박한 발소리도, 우산을 함께 쓴 이에게 말을 거는 누군가의 다정한 목소리도 없었어. 빗방울이 빽빽이 늘어선 건물들, 그것들에 붙은 유리창들, 누가 버리고 간 자전거의 프레임이나 아스팔트길 위로 떨어져 부서지는 소리만이 선명했지.

# 2

나는 문예지를 내려놓고 자리에서 일어났어. 벽에 기대고 앉은 등과 엉덩이, 바닥에 닿은 다리, 그리고 책을 든 팔까지도 모두 젖어가는 느낌이었거든. 어디선가 꿉꿉한 냄새도 나는 것 같았어. 나는 고개를 숙여 민영과 요조의 발냄새를 한 번씩 맡아봤지. 『지도로 보는 세계사』를 펼쳐놓고 노트에 연보를 그리던 요조와 아이패드로 영화를 검색하던 민영이 나를 올려다봤어. 그애들의 눈동자도 군데군데 녹아 있었지.

우리는 그동안 민영이 음식을 끝내면 에어컨을 끄고 되도록 선풍기만으로 버텨보려고 해왔어. 몇 년간의 자취 경력으로 누진세라는 것이 얼마나 조용히 또 재빠르게 몸을 불려가는지 알고 있었거든. 요조와 민영은 내게 먼저 에어컨을 켜자고 말하는 법이 없었어. 열어둔 창과 베란다 가까이에서는 서늘함이 느껴졌지만, 우리 셋이 앉은 방안은 마치 거대한 가습기 속 같았지.

—안 되겠다.

내가 에어컨을 켜면서 말했어. 그애들이 으아 소리를 내며 몸을 일으켜세웠지.


요조는 서울에 다녀온 그날 이후로 조금씩 내 방에 머무는 시간이 길어졌어. 민영과 서로 친해졌기 때문이기도 하지만, 그의 스터디가 끝장난 탓이기도 했지. 어느 날 스터디가 끝날 무렵 남자애 하나가 여자들에게 화를 냈다고 했어. 다른 사람들은 에세이를 열심히 합평하는데, 그 여자애들은 경쟁심에 다른 사람들의 글을 부러 제대로 짚어주지 않는다면서 말이야. 여자애들이 화를 내면서 카페를 나가버리는 것으로 그 스터디는 끝장이 났지. 요조는 스터디에 흐르던 긴장감이 싫었기 때문에 잘된 일인지도 모르겠다고 했어.

요조의 시험 준비도 스터디 파산을 신호탄으로 한풀 꺾였어. 매일같이 다른 책을 들고 나타나던 요조가 며칠째 『지도로 보는 세계사』를 붙들고 있는 것도 그 증거 중의 하나였지. 시험을 이 주 앞두고 있었어. 요조는 어차피 악을 쓰고 공부한다고 해서 붙는 시험은 아닌 것 같다며 능청을 떨었지. 요조가 일을 가지 않는 날에는 함께 늦은 점심을 먹고 그대로 방에 아무렇게나 늘어져서 저녁까지 책을 읽거나 했어. 몇 번은 그러다가 그대로 잠이 들었지.

그와 민영이 모두 내 방에서 그렇게 뒹굴거릴 때면 나는 알 수 없이 나른해졌어. 요조와 나는 민영이 해주는 밥을 먹고 점점 살이 올랐어. 매일같이 배달음식을 먹고도 찌지 않았던 살이 말이야.

늘 반쯤 농담을 섞거나 비아냥대며 말하는 요조와, 그런 요조를 아랑곳하지 않고 진지하게 맞받아치는 민영의 대화를 보는 것도 즐거웠지. 나는 일부러 대화에 끼어들지 않고 둘을 지켜보곤 했어.

—한국 영화를 좀 볼까봐. 나는 봉준호의 영화 몇 편밖에 못 봤는데.

한참이나 영화 사이트를 들여다보던 민영이 말했지.

—어떤 영화 좋아하는데?

요조가 물었어.

―많은데. 고다르, 왕가위, 팀 버튼…… 또 이스트우드랑 다케시.

―랩하냐. 취향이 난잡해. 그럼 쿠스트리차랑 우디 앨런도 좋
아하냐.

요조가 비꼬듯 말했지.

―응. 무지 좋아해.

민영이 답했고, 요조는 어이가 없다는 듯한 표정을 지었어.

―그럼 홍상수, 박찬욱, 이창동을 다 봐봐.

―뭘 보라고?

요조는 민영의 아이패드에 노트를 열어서 그들의 이름을 영어
로 적어주었지. 민영이 그 이름들을 검색하기 시작했어.

―요조. 네 노트북에 그 영화들 있잖아?

내가 말했지. 요조가 가방에서 노트북을 꺼내고, 민영을 위해
영어자막을 내려받았어. 민영이 노트북을 건네받아서 자기 무릎
위에 올렸지. 나는 그애 옆에 붙었어. 힐끔거리던 요조도 첫 시퀀
스를 채 넘기지 못하고 결국 민영 옆으로 왔지. 에어컨의 축복이
우리가 가까이 붙어 있도록 허락해줬어.


3


요조와 나는 지난겨울 고아의 도시 시즌 내내 방에 틀어박혀서
불법으로 내려받은 그 영화들을 함께 봤어. 전기장판에 엎드려서

영화를 세 편씩 연속해서 보고, 그러다 소주와 냉동만두를 꺼내서 술판을 벌이고, 밤새 이야기를 나누곤 했지. 우리는 데이트라 할 만한 것을 한 적이 없었어. 연극을 보러 다닌 것도, 패밀리레스토랑에 간 것도 아니었지. 그저 이전과 마찬가지로 학교와 집 또 아르바이트를 오가는 일상의 연속이었는데, 요조가 있다는 것만으로 모든 게 달라졌어.

요조를 만나기 전에 나는 혼자서만 생각했지. 어차피 들어줄 만한 사람이 없었고, 그러니 정리할 필요도 없이 생각들은 자꾸 안쪽으로 뻗어만 갔어.

제대로 살고 있나. 제대로 산다는 건 뭘까. 아르바이트를 더 열심히 하는 것인가 아니면 글쓰기 같은 건 하루라도 일찍 때려치우고 토익학원에라도 다녀야 하는 것인가. 일 년이라도 어릴 때 재수를 시작해야 하는 것인가. 일단 토익과 대학생 모두가 갖고 있다는 컴퓨터활용능력 자격증 시험부터 시작해볼까. 그것도 아니면 처음부터 다시 살아서 엄마랑 살래 아빠랑 살래? 그런 질문을 들었을 때 오빠 눈치를 보지 말고 아빠의 손을 잡았어야 했을까. 그것도 아니면 초등학교 시절 논술학원 대신 오빠와 함께 단과학원에 다녔다면 책 같은 걸 좋아하지 않게 되었을 거고, 그럼 엄마를 미워하지 않았을지도 모르고 또 뭔가 정상적인 사람이 되지 않았을까. 아예 다시 태어나야 하나?

내가 그 얘기를 풀어놓았을 때 요조는 이렇게 답했어.

—너는 애초에 그런 사람이야. 우리는 애초에 그래. 누가 그렇게 만들었는지 모르는 걸 다행이라고 생각해. 알았으면 우린 그

사람만 계속 쫓아다니다가 결국엔 살인이라도 했겠지. 이제 와서 학원 같은 델 다녀서 회사에 들어가려고 해봤자 소용없어. 내가 몇 번 해봐서 아는데, 면접을 보러 가잖아? 그러면 일평생을 쿵쿵거리며 살아온 냄새의 달인 늙은이들이 있어. 그 사람들은 네가 입을 열기도 전에 말할 거야. '쿵쿵 너한테선 부적응자 냄새가 너무 많이 나요.' 그럼 네가 좆나 정색하고 막 땀을 흘리면서 그런 말을 해대. '아닙니다. 저는 이제 사회의 좆나 작은 톱니바퀴가 되기로 결심했습니다. 기름을 한 달에 한 방울밖에 안 흘려주셔도 저는 몸안에서 기름을 만들어내서라도 열심히 돌아가겠습니다. 왜 그러고 싶은지는 모르겠는데 그냥 그러겠습니다.' 그럼 그때 늙은이들은 이미 휴지를 뽑아들고 맑은 코를 풀고 있다고. 후각은 좆나 쉽게 피곤해지는 거니까.

그는 한 번도 웃지 않고 그런 얘기를 잘도 해댔어. 그럴 때면 그 모든 고민들이 죄다 아무것도 아닌 것처럼 느껴졌지.

그는 주로 내 이야기를 들어주는 편이었어. 그래서 그가 자신의 이야기를 했던 몇 안 되는 순간을 나는 늘 곱씹어 생각했지. 요조의 부모님은 요조가 예대에 들어올 무렵에야 그를 놓아주었대. 거의 십 년간 계속되던 '진로선택 전쟁'의 종말이었어. 그해 그의 아버지는 교장이 되었고, 여동생은 대학병원의 의사와 상견례를 했어. 요조는 그 모든 가족행사에 참석하지 않았지. 그대로 요조는 가족들과 연락을 끊게 되었어. 하지만 요조는 그때가 아니라 늦게 간 군대에서 자신이 변했다고 얘기했어. 자존심도 세고 예민한 요조였으니까. 나는 요조의 군대 시절을 상상해볼 수 있었지. 그가 원래대로 되돌아갈 때까지 많은 시간이 걸릴 거라고 생각했어. 물론 요조가 입대하기 전의 모습이 어땠는지 나는 알지 못했어. 그러니 그가 완전히 변해버린 건지, 원래대로 돌아온 건지 혹은 조금씩 계속 달라지고 있는 건지 알 수 없었어. 그를 온전히 다 알 수 없다는 게 슬펐고, 그게 그를 아주 많이 좋아한다는 뜻이라는 걸 곧 깨달았지.

당신에게 요조와 나의 좋았던 시절에 대해 구구절절 늘어놓지는 않을 거야. 누구에게나 설명하기 힘들 만큼 벅찬 순간들이 한 번쯤은 찾아오지만 그 이야기들은 실은 비슷비슷하다고 하더라고. 다만 요조와 나에게도 그런 시절이 있었다는 걸 얘기해두고 싶어. 요조가 어떤 단어를 말하면 그 단어들이 묵은 의미를 벗고 완전히 뽀얗고 야들야들하게 새로 태어나곤 했지.

언젠가 오빠가 학교 앞으로 찾아왔던 적이 있어. 요조와 나는 도서관에서 판타지소설을 잔뜩 빌려서 나오던 중이었지. 나는 요조를 만나기 전까지 그런 소설들을 읽어본 적이 없었어. 그런 책을 읽는 건 시간 낭비고 어쩌면 값싼 상상력에 정신이 팔릴지도 모른다고 여겼던 거야. 요조는 그건 그냥 여가이고, 누구나 그런 취미를 즐겨도 괜찮다고 했어. 나는 못 이기는 척 그것들을 읽기 시작했는데, 유치한 설정을 눈감아주기로 하자 완전히 빠져서 그 이상한 세계를 종일 흘러다니게 되었지. 우리는 그 소설에 나오는 호빗족 말투를 흉내내며 집으로 가던 중이었어.

정문 앞에 서 있는 오빠를 본 순간, 내 얼굴의 모든 근육들이 일제히 삐걱대더군. 그가 여기까지 찾아왔다는 걸 믿을 수가 없었어. 나는 요조의 손목을 낚아채며 빨리 걸었지. 거구의 오빠가 달려와서 내 앞에 섰어.

　—전화번호는 왜 바꿔?

　—이제 와서 왜 갑자기 우리가 연락을 해야 되는데? 제정신이 아니구나.

　나는 오빠를 지나쳐 걸으면서 대답했고, 오빠와 요조가 양쪽에서 나를 따라왔지.

　—미친년아. 사람들한테 물어봐. 제정신이 아닌 건 너야. 이유도 없이 가족들이랑 의절하는 년이 제정신이 아닌 거라고.

　학교 앞을 오가던 사람들이 우리를 힐끔거렸어. 나는 집을 향해 뛰기 시작했어.

　오빠는 원룸 앞까지 나를 따라와선 계단을 올라가려는 내 팔을 잡더군.

　—꺼져. 제발 혼자 살라고.

　내가 건물 입구에서 악을 쓰며 울음을 터뜨리자 오빠는 당황한 듯 한 발짝 물러섰지. 그제야 뒤따라온 요조가 오빠의 손을 내게서 떼어놓았어.

　—알아서 좀 지내세요.

　요조가 그렇게 말한 뒤 나를 데리고 건물 안쪽으로 들어왔지. 나는 요조에게 반쯤 안긴 채 계단을 올랐어. 오빠는 그후로 나를 찾아오지 않았어.

# 4

—저게 막걸리지?

민영이 화면을 가리켰어. 영화 속에서는 이목구비가 단정하고, 몸집도 자그마한 여주인공이 등산객에게서 막걸리를 얻어먹고 있었어. 우리는 가위바위보를 했지. 진 건 요조였어. 그가 학교 앞 편의점으로 달려가서 막걸리 두 병을 사왔지. 우리는 노트북을 방 한편으로 밀어놓고 가운데에 잔을 놓았어. 그러곤 안주도 없이 술을 마셨어. 안주가 없어도 막걸리는 달았지. 민영이 이렇게 맛있는 술은 처음 먹어본다며 그걸 열심히 마셔댔기 때문에, 요조와 나도 덩달아 속도가 빨라졌어. 방안 가득 오래되어 시큼하게 쉬어버린 젖내 같은 것이 퍼졌어. 한 시간 뒤에는 내가 다시 막걸리 두 병을, 다시 한 시간 뒤에는 민영이 두 병을 사왔지.

우리는 요조와 민영이 가본 유럽 이야기나, 민영 혼자만 가본 남미의 이야기나, 나와 민영이 가본 아시아 국가들의 이야기를 하면서 세계여행을 다녔지. 그동안 요조의 폴더에 있는 영화들이 자동 재생되고 있었어. 가끔 신음소리나 비명소리가 흘러나와, 우리는 깜짝 놀란 얼굴로 노트북을 돌아보기도 했지.

여섯 병을 비우고 난 뒤 나는 좀 취했어. 기분이 좋았어. 양쪽 관자놀이에 줄을 걸어 당기는 듯 은근한 통증도 밀려왔지. 민영의 얼굴은 온통 새빨갰고, 요조는 흐물흐물한 표정을 짓고 있더라고. 웃음이 나왔지.

—우리 나가자.

비가 그친 창밖을 보던 내가 말했어. 우리는 엎치락뒤치락하며 계단을 뛰어내려왔지. 새벽공기는 적당히 식어 있었고, 기분이 나쁘지 않을 정도로만 따뜻했어. 내내 에어컨을 강하게 틀어놓은 방 안에 있다가 나왔기 때문인지도 몰랐지. 우리는 조용하게 잠들어 있는 자취촌을 빠져나와서 학교를 향해 걸었어. 학교 간판마저도 꺼진 새벽이었어. 걷는 동안 생각보다 더 취했는지도 모르겠다는 생각이 들더라고. 우리는 듬성듬성 켜져 있는 가로등을 따라서 걸었어. 학교 안쪽 정자에 도착할 때까지 우리는 한 사람도 만나질 못했어. 우리는 신발을 벗고 정자에 올라가 주저앉았지.

—우리 세상 같다.

요조가 말했어.

—아무도 없네.

민영이 말했지.

—아무도 없어.

내가 말했어.

우리는 한참 동안 거기에 드러누워 있었지.

5

우리는 그날도 자유열람실의 커다란 테이블 하나를 차지하고 앉았어. 본격적으로 한국어를 공부하기 시작한 민영은 A4 용지를 자음으로 빽빽하게 채워나갔어. 요조는 사법 관련 기출문제를 모아 노트에 정리했고 말이야. 나는 『씨네21』 최근호에 쓰인 활자를 하나도 빠짐없이 다 읽은 다음에 자리에서 일어났어. 그러곤 학생회관으로 향했지. 나는 또 '글을 쓰러 간다'고 거짓말을 하고 말았어.

과방에서는 방학 내내 그랬듯, 졸업을 한 학기 앞둔 여자 후배 둘이 글을 쓰고 있었지. 각각 탁자와 공용 컴퓨터 앞에 앉아서 말이야. 목이 긴 선풍기가 회전하고 있긴 했지만 에어컨이 나오질 않아서 아주 더웠어. 그애들이 문이 열리는 소리에 반사적으로 고개를 들었어. 나를 보고는 왠지 실망한 표정으로 목례를 하더군. 그러곤 곧장 다시 모니터로 눈을 돌렸지. 나는 책장에 꽂힌 민음사 세계문학전집을 아무거나 한 권 빼들었어. 소파에 앉고 나서 보니 『모래의 여자』더라고.

그 후배들은 소문의 주인공들이었지. 매해 입시 실기시험에서 좋은 글을 쓰고 들어온 신입생 몇 명이 교수들에게 불려다니곤 했어. 그런 소문은 과생활을 전혀 하지 않는 내게도 들려올 만큼 시끄럽게 퍼졌지.

나도 그런 소문에 휩싸인 적이 있었어. 소문을 이어받은 후배들을 몇 겪고 나서야 주인공에게 어울리는 태도는 따로 있다는 것을 깨달았지만 말이야. 그애들은 사람들의 관심에 적절히 수줍어하거나 고마워하는 식으로 부드럽게 반응하고, 보는 눈이 없을 때는 더 악착같이 쓰고 또 교수들을 찾아다녔지. 그러면 소문은 사그라졌다가, 학기가 바뀔 때쯤 '기숙사에 사는 누가 밤새 불을 켜놓고 글을 쓴 탓에 퇴소를 당했다더라' 하는 식으로 다시 부풀

어울랐어. 그때 말을 옮기는 아이들의 얼굴엔 질투가 한풀 꺾인 대신 존경이 어느 정도 깃들곤 했지.

내가 결국 과생활에 적응하지 못한 건 그걸 제대로 못했기 때문인지도 모르겠어. 하지만 나는 처음부터 그런 자리엔 어울리지 않는 인간이었을 거야. 소문을 즐기면서 오히려 탄력을 받는 그 애들을 볼수록 그런 생각은 더 확고해졌어.

둘은 경쟁하듯 자판을 두드렸지. 그 소리가 땀을 흘리며 소파에 앉아 있는 나를 압박해오는 것 같았어. 저애들은 무슨 이야기를 쓰기에 저렇게 달려가는 걸까? 나는 노트북에 아무렇게나 생각나는 문장을 썼다 지웠지.

'밥을 먹고 나왔는데, 왜 또 배가 고프지. 요조와 민영을 데리고 집에 가고 싶다. 민영에게 다른 요리를 해달라고 하고, 그걸 좀 배우고, 또 먹은 다음 잠을 자고 싶다. 사람들이 추석 때 그러듯이. 계속 해 먹고, 아무거나 영화를 받아 보고, 또 잠을 자고 싶다.'

나는 노트북을 닫아서 가방에 넣고 과방을 빠져나왔어. 타닥 타닥 키보드를 치는 소리가 복도 끝까지 나를 따라왔지. 버스정류장에는 사람이 하나도 없었어. 플라타너스 잎들 사이로 어두운 하늘이 조각나 보였지. 어디선가 눅눅한 흙냄새가 묻은 바람도 불어왔어. 곧 비가 쏟아질 것만 같았어.

머릿속에 희미하게 남아 있는 잔상을 믿고 버스를 탄 거였는데, 다행히 거기엔 다이소가 있었어. 터미널 맞은편 한의원 건물 이층이었지. 수백 가지는 될 듯한 공산품들이 그리 넓지도 않은 공간 안에 차곡차곡 정리되어 있었어. 가격이 엄청나게 싸기도 했고 말이야. 중학교 일학년이나 될까 싶은 여자아이 둘이서 천 원짜리 립글로스를 한참이나 들여다보고 있었어. 나는 플라스틱으로 된 작은 좌식 탁자 하나와 국자, 프라이팬과 천원짜리 밥그릇 세 개와 수저 세트를 샀어.

가게에서 나왔을 땐 꽤 굵직한 빗방울이 떨어지고 있었어. 나는 탁자가 든 상자를 겨드랑이 사이에 끼우고, 봉투를 든 채 버스정류장을 향해 걷기 시작했지. 상자는 자꾸만 겨드랑이에서 미끄러졌고, 이내 군데군데 젖기 시작했어. 결국 택시를 잡아탔지.

나는 택시에 앉아 비닐봉투를 벌렸어. 바깥쪽에 노랑, 초록, 빨강이 칠해진 그릇 세 개가 포개져 있었어. 나는 갑자기 마음이 가라앉는 걸 느꼈어. 민영이 언제까지 집에 머물지도 모르면서 터미널까지 나와서 그런 물건들을 산 나 자신이 좀 뻔뻔하게 느껴지기도 했지. 마치 그애에게 계속 머물면서 매일 밥을 해달라고하는 것만 같잖아. 집 앞에 도착했을 땐 세차게 비가 쏟아졌어.

나는 짐을 들고 계단을 올랐어. 중간중간 멈춰 서서 비닐봉투와 상자를 내려놨다가 다시 들어야 했지. 현관문 앞에 서서 열쇠를 찾으려는데 방 안쪽에서 요조와 민영의 목소리가 들리더군. 아직 도서관에 있을 거라고 생각했는데 말이야. 나는 당황해서 문을 열지 못하고 주춤거렸지. 벨을 누르는 게 예의인가, 헷갈릴 지경이었어.

민영과 요조가 이불 위에 앉아서 나를 올려다봤지. 민영의 짧은 반바지 아래로 그애의 작고 마른 다리가 드러났고, 둘의 맨발이 인사를 하듯 마주 보고 있었어. 요조와 붙어 있는 걸 보니 민영이 평소보다 더 조그맣게 보이더군.

—졸려서 낮잠이라도 자려고 왔어.

요조가 조금 서두르며 말했지.

—영어로 해. 우리가 한국말로 이야기하면 민영인 어떡해.

나는 물건들을 현관문 옆에 내려놓으면서 말했어.

—난 괜찮아. 너희 편한 대로 해. 우린 자메이카 이야기를 하고 있었어.

민영이 말했어.

—그건 뭐야?

민영이 현관 앞으로 와서 비닐봉투를 열어보더군.

—드디어 네 방이 사람 사는 곳이 되었어!

그애는 그릇마다 씌워진 비닐을 벗기며 웃었지.

나는 자기가 하겠다는 민영을 말리고 새 그릇과 도구 들을 씻었지. 민영은 잠시 내 뒤에서 주춤거리다가 다시 요조의 곁으로 가서 이야기를 늘어놓더군.

—나도 그 음악에 푹 빠졌었어. 처음엔 그게 어떤 장르인지도 몰랐지. 해변이든 마을 슈퍼마켓이든 시 단위 행사에서든, 어디서든 스카를 틀거나 연주했거든. 거기 사람들은 누구나 그 노래를 불러. 걸어다니면서도, 일을 하면서도, 농사를 지으면서도, 그 리듬을 흥얼거려. 러닝셔츠를 입은 마을 할아버지들이 관악기를 들고 나무 밑에 모여앉아서 하루종일 함께 연주를 하는 것도 봤는데, 정말 수준급이었지.

등뒤로 들리는 민영의 이야기는 먼 나라의 구전동화 같았지.

요조는 감탄사까지 넣어가며 이야기를 듣더군.

요조는 스카라는 음악에 관심이 많았지. 그걸 듣고 색소폰을 시작했다고 했어. 나도 그랬고, 사람들이 그 장르를 알고 있는 경우는 별로 없었지. 민영은 그 음악이 태어난 남미의 작은 나라인 자메이카를 삼 개월 여행했다고 했어.

─언제 같이 연주를 들으러 가자.

─좋아. 서울에 공연하는 밴드가 있어. 부럽다. 자메이카에 가보는 게 내 소원이야.

요조가 말했고 그건 나로서는 처음 듣는 이야기였지. 나는 젖은 손을 가만히 바지에 닦으면서 그들을 내려다봤어.


6


그때 민영의 이야기를 듣던 요조의 표정을 생각해. 나는 그게 그가 내게 보여준 적 있는 표정과 닮았다고 생각했어. 눈빛과 입매가 서로 다른 말을 하고 있는 표정 말이야. 입을 꾹 다물고 입꼬리를 아래로 내린 채여도 눈만은 빛나면서 민영에게 고정되어 있었지. 그건 그냥 다정함 같은 것이었을까? 온 세상의 먼지 냄새를 조금씩 묻히고 앉아서 그가 꿈꾸던 곳의 이야기를 들려주는 민영이었으니까.

나는 민영을 질투하는 것 같기도 했고, 요조를 질투하는 것 같기도 했어.

## 7

민영은 나흘 동안 제주도에 간다고 했어. 테헤란로에 사는 지니와 그녀의 동료들이 휴가여행에 민영을 초대한 거였지.

나는 그애에게 작은 여행용 가방을 빌려주겠다고 했지만 민영은 여기에 온 첫날부터 쭉 베란다에 걸려 있던 자기의 검은색 배낭을 가져갈 거라고 했어. 아주 빠른 손놀림으로 옷을 개고, 칫솔과 비누 따위를 일회용 비닐봉지에 담아 오래전부터 그것들의 제자리였을 주머니에 착착 넣더군. 십 분 만에 그애의 짐들은 그리 크지도 않은 가방 속으로 모두 들어갔다. 나는 그동안 이국의 그것 같은 제주의 바다를 생각했지. 옥빛 바다와 검은 돌들, 야자수들, 부드러운 모래와 바다 냄새를. 민영을 따라 거기에 가고 싶었어. 나는 선풍기 앞에 입을 벌리고 앉아 있었지. 다리에 땀이 나서 장판 바닥에 쩍쩍 붙었어.

─짐 싸기 챔피언이다.

─가끔 야간기차 같은 걸 타면 심심해서 내가 짐을 몇 번 싸고 풀었는지를 세어보고 그런다니까. 마흔몇 번 이후로는 생각이 안 나.

민영은 킬킬 웃었지.

요조와 내가 둘 다 아르바이트에 가는 날이어서 민영을 공항에 데려다줄 수가 없었어. 그애는 혼자 집에서 시간을 좀 보낸 다음 공항으로 갈 거라고 했지. 아르바이트용 원피스를 꺼내 입고 외출 준비를 마쳤는데 나는 다시 바닥에 앉아버렸어. 늦을 수도 있다는 걸 알면서도 다리에 힘이 들어가질 않았지. 민영은 내 겨드랑이에 손을 넣어서 나를 반짝 일으켰어.

민영을 내 방에 두고 그애에게서 배웅을 받는 건 좀 색다른 기분이었어. 나는 민영을 살짝 안았다가 놓아주었지. 마침내 마음을 먹고 계단을 내려가기 시작했어. 그때 민영이 내 등뒤에다 대고 말했지.

—그런데, 너희 집에서 내가 오래 머무는 게 부담이 된다면 언제든 말해줘. 정말 언제든 괜찮아. 나는 서로 즐거울 때까지 함께하는 게 좋아.

—아. 당연하지. 꼭 이야기할게.

나는 계단을 내려가며 대답했지. 민영이 정색하고 내 이름을 불렀어. 나는 멈춰 서서 민영을 돌아봤어. 그애가 내 눈을 똑바로 쳐다보고 고개를 끄덕이면서 정말? 하고 물었어. 나도 그애의 눈을 똑바로 보면서 응, 정말, 하고 대답했어. 민영은 그제야 다시 웃으며 양손을 흔들어댔지.

나는 결국 늘 타던 여섯시 버스를 놓쳤고, 바에 한 시간쯤 지각을 했지. 가게에 들어서자 두세 팀을 동시에 보고 있던 알바 애들이 퉁명스럽게 인사를 했어. 사장도 단골 팀 하나를 직접 보고 있었지. 나는 얼른 가방을 바 아래에 쑤셔넣고 두 팀을 넘겨받았어. 한 사람은 종종 혼자서 바에 오는 젊은 남자였고, 다른 한 팀은 오랜 단골이라는 아저씨 두 명이었지. 몇 번인가 이야기를 나눈 적 있는 젊은 남자가 내 이름을 부르며 알은체를 했어.

여사장은 내 뒤쪽으로 지나가는 척하면서 슬쩍, 아저씨들을 위주로 일하라는 지시를 내렸어. 젊은 남자는 혼자서 칵테일을 마시고 있었고, 아저씨들은 글랜피딕 이십일 년산을 마시고 있었거든. 아저씨들이 내게 잔을 하나 가지고 오라고 하더니 술을 따라주더군. 나는 여러 가지 맛과 향이 부드럽게 나는 그 술을 아주 조금씩 마셨어.

　언젠가부터 나는 그날의 일이 힘들지 아닐지 예감할 수 있게 되었지. 어떤 날에는 단골들이 약속이라도 한 듯 몰려오기도 했거든. 나는 저마다 손님들과 이야기를 하고 있는 알바들을 둘러보면서 긴 저녁이 될 거라고 생각했어.

　―못 보던 얼굴이네?

　뚱뚱한 아저씨가 말을 걸었어.

　―일 시작한 지 벌써 육 개월이 다 됐는걸요. 주말에만 일해서 처음 뵙나봐요.

　―그래요? 하긴 우리는 보통 일 마치고 평일에 오니까.

　머리가 벗어진 쪽이 말했지.

　젊은 남자는 휴대폰을 들여다보며 혼자 술을 마셨어. 그가 자주 잔을 비워서 나는 바를 오가며 그에게 칵테일을 만들어줘야 했어. 젊은 남자는 내가 새 술을 내려놓고 아저씨들에게 가려고 할 때마다 나를 불러세웠지. 그는 요조의 근황을 묻고, 글쓰기는 잘되어가냐며 알은체를 했어. 나는 대충 그렇다고 하며 말을 넘겼지. 그는 방송 장비를 대여하는 업체에서 일하고 있다는 자신의 근황을 이야기하기 시작했어.

잠시 후에 아저씨들이 나를 부르며 얼음을 더 가져오라고 했고, 나는 다시 그들 앞에 섰어. 대화를 들어보니 그들이 금융 쪽에서 일하는 사람들이라는 걸 알 수 있었지. 나에게 말을 걸기보다는 둘이서 일에 관한 이야기를 했어. 비교적 상대하기 좋은 손님들이었지.

젊은 남자가 네번째 칵테일을 주문했을 때, 나는 파인애플주스를 가지러 주방으로 들어갔지. 페트병을 챙겨 나오면서 요조에게 문자를 보냈어.

요조. 오늘 일 끝나면 우리집에 올래?

몇 번 그 문장을 읽어보다 결국 전송버튼을 눌렀지. 고개를 들자 바 바깥쪽 손님들 사이에 앉아 있던 사장이 나를 노려보고 있더군. 나는 얼른 휴대폰을 주머니에 집어넣고 아저씨들 앞에 가서 섰어.

젊은 남자는 다른 바텐더에게 돈을 내고는 짜증이 난 듯 가게를 나서더군. 나는 가게를 나서는 젊은 남자와, 그에게 계산을 해준 아르바이트생과, 사장과, 앞에 앉은 아저씨들의 시선을 동시에 느꼈어. 갑자기 홍대에서 그랬던 것처럼 심한 현기증이 몰려왔어. 나는 비틀대며 다시 주방으로 들어갔어. 맥주박스 위에 쓰러지듯 앉았지. 머릿속의 검은 안개가 사라질 때까지 몇 번이고 크게 심호흡을 했어. 온갖 기름 냄새가 배어 있는 그곳에서 말이야.

두시가 지난 시간에도 손님들이 계속 몰려와서 마감이 한 시간 연장되었어. 나는 총 다섯 팀의 손님을 받았어. 그만큼 취했지. 마지막 손님들이 따라준 맥주를 한잔 거절했어.

손님들이 모두 떠나자 알바들이 취기를 애써 감추며 홀을 정리하기 시작했지. 나는 바에 늘어선 잔들을 모아 싱크대에 넣고 설거지를 시작했어.

그때까지도 바에 앉아 남은 술을 마시던 사장이 내게로 다가오더군. 불쾌하게 취한 얼굴로 말이야. 그녀가 시비를 걸듯 말했어.

—너 일하기 싫지? 손님이 술 주는데 안 마신다고 하지를 않나. 나도 안 보는 휴대폰을 네가 왜 봐?

—죄송해요. 급한 연락이 와서요.

나는 그녀를 쳐다보지 않고 수세미에 거품을 내며 말했어.

—무슨 급한 연락인데? 너 나 좀 봐봐.

여사장이 내 어깨를 툭툭 쳤어.

—아니, 어머니께 연락이 왔어요.

—어머니였다고?

나는 망설이지 않고 사장을 똑바로 쳐다보면서 고개를 끄덕였어. 머릿속으로는 그녀에게 엄마가 죽었다는 말을 한 적이 있는지를 생각해보았지. 물론 그런 일은 없었을 거야.

—넌 내가 우습지? 다 보여.

다른 알바들이 일하다 말고 서서 나와 여사장을 쳐다봤지. 목 뒤에서부터 열이 훅 올라왔어. 나는 당장이라도 내 팔 언저리를 계속 건드리는 여사장의 손을 뿌리치고 바를 나서고 싶었지. 그리고 바텐더를 구하는 곳은 어디든 널려 있다며 그녀의 '갑질'이 얼마나 근거 없는 것인지를 그녀는 물론 알바 모두에게 알려주고 싶었어.

근데 말이야, 여의도에서 내 방까지의 택시 요금이 생각나더
군. 심야할증 이십 퍼센트에 시외할증 이십 퍼센트가 더 붙을 그
택시 요금 말이야. 그거면 그날 번 돈은 모두 허탕이었어. 게다가
그날따라 일은 너무 힘들었잖아. 고개를 숙이고 그런 생각을 하
는 사이 여사장의 애인이 바에 나타났지.


8


나는 내 이불 위에 털썩 주저앉았지. 요조가 일을 마칠 때까지
시간이 조금 남아 있었어. 방에 혼자 있는 것이 참 오랜만이었어.
민영이 말끔히 정리해놓은 방이 평소보다 훨씬 넓게 느껴졌어.
냉장고에 기대놓은 탁자하며, 싱크대 위 선반에 줄을 맞춘 그릇
들을 가만히 쳐다봤어. 나와 요조만 이 방에 살던 시절이라면 그
것들은 오래도록 제자리를 찾지 못했을 거야. 취기에 잠이 몰려
왔어. 화장실에 가서 눈 아래로 시커멓게 번진 화장들을 지워냈
지. 그러곤 슬리퍼를 꿰어신고 밖으로 나갔어. 파랗게 여명이 밝
아오는 시간이었어. 골목 초입에 있는 가로등이 꺼졌지. 비에 씻
겨내려간 맑은 새벽공기였지.
　나는 한 번도 사장이나 바의 일을 요조에게 털어놓은 적이 없
었어. 사장이 면접 때 내게 말했던 식으로 그곳의 일을 설명했지.
심지어는 사장의 말을 그대로 인용한 부분도 있었어. 그 바에 오
는 사람들은 모두 돈이 있는 걸 뻐기지 않는 정말 교양이 있는 사

람들이며, 일하는 애들도 모두 똑똑하고 괜찮아서 친구도 많이 사귀었다고 했지. 이상하지? 나 스스로는 그게 바보도 믿지 않을 소리라고 생각했는데 말이야. 한편으로 나는 요조가 예의 그 어른스러운 표정으로 '그런 게 어디 있냐, 돈을 많이 받으면 그만큼 힘든 거야' 하며 알은체를 해주길 바랐던 것 같아. 그런데 요조는 그저 고개를 끄덕이며 아무것도 물어보지 않았어. 나는 그게 서운했어.

어쩌면 오늘은 그런 얘기를 좀 해도 괜찮지 않을까 생각하면서 그를 기다렸던 거야. 요조는 오지 않았고 전화기도 꺼져 있었어. 얼른 누워 잠이 들고 싶었지. 나는 어쩌면 요조가 벌써 고시원에 돌아갔을지도 모른다고 생각했어. 그가 집에 돌아오는 시간은 매번 조금씩 달랐으니까.

그냥 방으로 돌아가야겠다고 생각했을 즈음에 색소폰 가방을 멘 요조가 모퉁이를 돌며 나타났지. 그는 땅을 내려다보면서 터덜터덜 이쪽으로 걸어왔어. 나는 부러 인기척을 내지 않고 그애가 집 앞으로 올 때까지 기다렸지. 그는 내가 서 있는 쪽으로 오지 않고, 왼편 고시원 건물 쪽으로 가더군.

—요조!

요조의 등이 순간 작은 반동을 일으켰고, 곧 그가 놀란 얼굴로 나를 돌아보더군. 눈을 크게 뜨고 입을 약간 벌린 채로 말이야. 그런 얼굴은 아주 오랜만이라서 난 좀 웃음이 났지. 요조가 내 쪽으로 걸어왔고, 나도 꼭 그만큼을 걸어갔어.

—오늘 너무 힘들었어.

나는 말하면서 그에게 팔짱을 꼈지.

그 순간 그가 어깨에 메고 있던 색소폰 가방이 내 팔 쪽으로 떨어졌어. 나는 악기가 바닥에 부딪힐까봐 얼른 반대쪽 손을 뻗어 그것을 받쳐들었어.

　그런데 가방이 너무 가벼운 거야. 그가 내게서 가방을 빼앗으려고 손을 뻗었지. 나는 요조에게서 팔을 빼고 양손으로 가방을 들어봤어.

　—악기 안 들었어?

　—응. 학교 연습실에 뒀어.

　—악기를 연습실에 두는 사람이 어디 있어. 잃어버리면 어떻게 하려고?

　요조는 대답 없이 내게서 가방을 뺏어서 반대쪽 어깨에 멨어.

　—너 일 갈 때 악기 필요 없어?

　내가 다시 물었지.

　—세션해서 얼마를 벌겠어.

　—무슨 소리야. 그게.

　—나 세션 다니는 거 아니라고. 세션해봤자 돈 얼마 안 돼.

　—그럼 뭘 하는데?

　—삐끼.

　—한 학기 내내?

　—응.

　우리는 한참 동안 그대로 서 있었어. 처음에는 서로의 시선을 견디면서, 그다음엔 서로의 시선이 초점을 잃고 서서히 멍해져가는 것을 견디면서. 나는 우리 사이에 어떤 것들이 감춰져 있는지 묻고 있는데, 그는 그 중간 어디쯤에서 자기 몫의 문제를 뚝 떼어 가며 거리를 두는 거야. 이만큼은 상관하지 말라는 듯이. 나는 그게 처음 있는 일이 아니라는 걸 깨달았고 곧 비참해졌어. 어느새 아침햇빛이 골목 안을 비스듬히 비췄지. 나는 그렇게 또 요조 앞에서 울음을 터뜨리고 말았어.

9

민영이 돌아오기 전의 이틀은 아주 길었지. 그애가 영영 돌아오지 않을 것 같은 기분이었어. 요조와 나와 민영이 가족처럼 밥을 해 먹고 이야기를 나누고 아무렇게나 돌아다니던 시간들이 아득하게 느껴졌어. 나는 여행이 끝나갈 때처럼 지난 시간들이 어떻게 기억에 남을지 상상해보았어. 한동안은 내 방에 혼자 있는 것에 묘하게 자유로움을 느꼈지. 매일 낯선 도시의 게스트하우스 도미토리에서 자다가 집으로 돌아온 것처럼 말이야. 실컷 자고 깨어난 다음, 뜨거운 물에 아주 오랫동안 샤워를 하고, 발가벗은 채로 방 한가운데 앉아 그동안 미뤄두었던 겨드랑이와 다리 제모를 했지. 정작 그애들이 북적북적하게 방을 데울 때는 아껴두었던 에어컨도 실컷 틀었어.

민영은 제주의 사진을 보내왔어. 사진 속의 민영은 낯선 서양인 남자와 바다가 보이는 테라스에 앉아서 커피를 마시고 있거나, 바닷가에서 양팔과 다리를 활짝 벌리고 서 있었지. 여덟 명쯤

되는 서양인들과 제주의 성(性) 박물관이며 오름 따위를 돌아다니며 민영은 유쾌한 시간을 보내고 있는 것 같았어.

일자리는 구할 수 있대?

응. 완전히. 유명 브랜드 어학원이랑 학교만 빼면 널렸대.

문자를 보내자마자 민영에게서 답장이 왔어.

나는 문자창을 닫고 사장에게 전화를 걸었지. 그녀의 목소리를 듣자마자 일을 그만두겠다는 말이 튀어나왔어. 사장은 아르바이트 당일 전화를 걸어서 못 나온다면 어떻게 하라는 거냐며 한껏 신경질을 부렸지. 나는 못 들은 체하고 월급날 꼭 일한 만큼 돈을 부쳐달라는 말을 한 뒤에 전화를 끊었어.

나는 책상에 앉았지. 월급만 제대로 들어오면 다음 달은 지낼 수 있을 것 같았어. 조금 아껴 쓴다면 말이야. 요조가 방값을 보태지 않으면 생활비를 얼마나 줄여야 하는지 계산을 해보았지. 벌써 일 년 이 개월째였어. 요조가 우리집에서 보내는 시간이 조금씩 늘어나다가 결국엔 같이 살기 시작한 것이 말이야. 처음엔 요조에게서 방값을 받을 생각이 없었어. 그는 전기세나 가스비 고지서를 빼돌리다가 결국에는 방값의 반을 내 책상 위에 두기 시작했어. 요조답게 매달 같은 날짜는 아니었지만, 어쨌든 한 번도 빼먹은 적은 없었어. 어느 순간부터는 나도 그걸 모른 척하게 됐지.

나는 한 시인의 유고 산문집에 실려 있던 어느 문장을 생각해냈지. 그는 60년대에 단칸방에서 보내던 신혼을 이야기하며 "사랑할 때 가난은 더 크게 느껴지는 법이지만, 때로 가난은 사랑에 약이 된다"고 써두었어. 나는 책장에서 그 책을 찾아 꺼냈지. 그건 내가 고등학생 때 학교 도서관에서 가지고 나온 책이었어. 나는 그 문장을 찾기 시작했어. 내가 태어나기도 전에 있었다는 가난에 대한 처참한 묘사들을 계속 읽어나갔지. 하지만 막상 거기에 다다랐을 때, 나는 익숙했던 그 문장에 갑자기 반항심을 느꼈어. 가난 속에서 사랑이 커지는 것이 아니라, 가난이 두텁고 볼품없는 고무줄처럼 사랑을 제자리에 묶어둔다는 것처럼 느껴지는 거야. 요조와 내가 그동안 헤어지지 않은 건 우리가 가난하기 때문인 걸까. 민영이 내 방에서 지내는 게 그애가 가난하기 때문인 걸까. 나는 따져 묻고 싶었어.

책을 덮고 옥상으로 올라갔지. 낡은 나일론 줄들을 헤치고 난간 쪽으로 걸어갔어. 어둠 속에서 바퀴벌레 몇 마리가 재빨리 흩어지는 게 보였지. 그 건물은 고만고만한 원룸 건물들 사이에선 좀 높은 편이어서 미로 같은 자취촌이 내려다보였어. 아주 드물게 불이 켜진 방 몇 개가 보였어. 그 방들 안에서 여름 내내 대체 뭘 하고 있는 걸까.

눌러뒀던 생각들이 봇물처럼 터졌지. 민영과 요조가 모두 떠나고 나면 나는 방안에서 뭘 해야 할까. 학기가 시작되고 도시로 나갔던 아이들이 모두 돌아오면 나는 그 사이에서 어떤 모양으로 걸을까. 그들을 만나기 전에 내가 어떻게 시간을 견뎌왔는지 생각이 나질 않았어. 고작 일 년 전의 일인데 말이야. 새벽에 혼자 방에서 깨어났을 때 문득 나와 연결된 사람이 하나도 없다는 생각을 어떻게 버텼는지. 수업이 끝난 뒤 이 도시와 서울의 낯선 동네들을 아무렇게나 걷다가 해가 지는 하늘을 봤을 때 그리운 사람이 하나도 없다는 생각을 어떻게 버텨왔던 건지.


# 10

그날 밤 요조에게서 문자가 왔어.

미안해.

나는 이불을 헤치고 일어나 앉아서 한참 동안 그 글자를 봤지. 낯선 마음이었어. 눈물이 나지도 않았지. 나는 언제나 요조에게 단 한 번이라도 그 말을 듣고 싶었어. 그런데 막상 그 문자를 받아든 순간 우리 사이가 이제 정말 끝났다는 생각이 들었지. 아니, 정확히 말하자면 내가 요조를 연인으로서 놓아줘야 한다는 생각이었어. 나는 맞은편 요조의 방으로 가서 그의 얼굴을 보고 싶었어. 그의 옆에 편하게 앉아서 아무런 벽도 없이 그동안 쌓아두었던 모든 말들을 털어놓고 싶었어. 그렇게 온전히 밤을 보내고 싶었어.

그런데 끝내 용기가 나질 않더라고.

# 다르게 쓰인 이야기

## 1

주인아줌마는 나른한 표정으로 열쇠와 단이 조금씩 해진 수건을 카운터에 내려놓았지. 그러곤 곧장 일일연속극이 흘러나오는 텔레비전으로 눈을 돌렸어. 민영은 호기심 어린 눈길로 카운터 안쪽의 작은 방을 힐끔거렸어. 그애는 제주에서 어느 호텔 지하에 있는 온천목욕탕에 갔었다고 했는데, 거기에 완전히 반한 모양이었어.

—민영. 여긴 제주의 온천탕과는 완전 다를 거야.

나는 재차 그렇게 확인을 했어.

—그런 건 아무 상관 없어!

민영이 그렇게 말하며 카운터 왼쪽의 여탕으로 먼저 들어갔지. 유리로 된 문을 열자 물비린내와 비누 냄새가 섞인 습한 공기가 얼굴을 덮쳤어.

탈의실에는 할머니 한 명밖에는 없었지. 할머니는 평상에 걸터앉아서 느릿느릿 몸에 로션을 바르고 있었어. 바싹 마르고 윤기 없는 몸을 매만지는 모습이 어떤 종교적 행위를 하는 것만 같았어. 민영과 나는 서로 조금 떨어진 곳에 말없이 섰어. 오래된 목욕탕에서 볼 수 있는 옛날 사물함이었어. 납작한 열쇠가 들어가는 정사각형 모양의 작은 사물함 말이야. 나는 천천히 옷을 벗었지.

온탕과 냉탕이 각각 한 개뿐인 작고 오래된 목욕탕이었지. 옅은 하늘색 타일들이 조금씩 노랗게 변색되어 있었어. 그 목욕탕은 초등학생 시절 동네에 있던 오래된 목욕탕과 닮아 있었어.

엄마는 큰 목욕탕에 가는 걸 좋아했지. 주말이면 동네에 있는 목욕탕은 모두 제쳐두고 차로 이십 분이나 걸리는 해수탕에 나를 데려갔지. 작은 동네 목욕탕에 가는 건 오직 엄마가 아플 때뿐이었어. 몸살이 났을 때도 목욕을 하면 좋아질 거라 믿던 엄마였지. 나는 그 작은 목욕탕이 싫었어. 세신사와 단골 아줌마들이 다 함께 모여앉아 낯선 얼굴인 엄마와 나를 경계 어린 눈빛으로 쳐다보는 것도 싫었고, 몸이 아픈 엄마가 무기력한 표정으로 내 몸을 물건처럼 씻기는 것도 싫었지. 평소라면 등짝이 아프다며 짜증을 부렸을 나는 왠지 모를 불안감에 휩싸여 묵묵히 엄마의 손길을 받아내곤 했어. 그때의 기분이 목욕탕 안의 습기와 더불어 선명하게 떠올랐어.

민영과 나는 목욕의자와 세숫대야를 하나씩 챙겼어. 양손에 그것들을 들고 어리둥절하게 서 있는 민영을 샤워기 앞으로 데려갔지. 민영은 알겠다는 표정으로 거울 앞에 그것들을 내려놓고 앉으려고 했어.

　─야! 그냥 앉으면 어떡해.

　나는 타월에 비누를 담뿍 묻혀서 의자를 닦았어. 엉덩이가 닿는 부분과 그 가운데 난 구멍의 안쪽까지 문지른 다음, 뜨거운 물로 소독하듯 씻어냈지. 세숫대야도 마찬가지로 닦아서 민영 앞에 내려놓았어. 민영이 멋쩍게 웃으며 의자에 앉았어.

　─한국인들이라면 다 이렇게 하는 거야?

　─그럴걸? 다들 약속한 것처럼 목욕탕에 들어오자마자 똑같이.

　─이런다고 훨씬 더 깨끗해질 것 같지는 않은데 말이야.

　민영은 군데군데 긁히고 까맣게 때가 낀 의자를 만지작거렸지.

　─그런 생각은 한 번도 안 해봤네. 이걸 제대로 못하면 엄마한테 혼났거든. 그래서 꼼꼼하게 닦아야 된다는 생각밖에 못했어. 우리 엄마만 그런 게 아니라 다른 아줌마들도 딸이 대충 씻어놓은 걸 제 손으로 다시 씻어서야 애들을 앉히고 그랬지.

　민영이 고개를 천천히 끄덕였어. 나는 타월을 깨끗하게 헹궈서 보디샴푸를 묻혔어. 몸을 닦은 다음 거품을 헹궈내지 않고 그대로 민영에게 내밀었어. 민영이 그걸 받아들고 깔깔거렸지.

　─거봐, 한국인들의 위생 개념은 좀 이상한 데가 있어.

　─가족이나 친구끼리는 원래 그렇게 해. 아깝잖아.

　나는 괜히 무안해져서 작은 목소리로 말했어. 민영은 계속 웃어대면서도 그 타월로 몸을 닦았지.

　뜨거운 물에 몸을 담그자 뼈마디가 노곤하게 녹아내리는 것 같왔지.

—늙은 여자들밖엔 없네?

민영이 소곤거렸지.

—그러게. 우리 몸이 비정상적인 것처럼 느껴질 지경이야.

탕 앞에서 할머니 둘이 때를 밀고 있었고, 잠시 후에 사우나에서 또다른 할머니가 한 명 나왔어. 그곳은 어쩐지 비현실적인 느낌을 풍겼어. 번식이 불가능해져 멸망해가는 인류의 마지막 날이라든지, 하늘나라의 목욕탕 같은 느낌 말이야.

그들은 조용히 몸을 닦다가, 낯선 언어 때문인지 자꾸만 우리 쪽으로 몸을 돌렸어. 우리의 말소리가 목욕탕 안을 울렸지. 민영은 좁은 탕 속을 오가며 짧게 헤엄을 쳤어. 그애의 마른 다리가 수면 아래에서 일렁였어.

—너 정말 날씬하다.

—백인들은 날 보고 아기 몸이래. 가슴도 없고.

민영이 가슴 언저리를 장난스럽게 만지면서 말했지. 우리는 한참이나 몸매에 대한 이야기를 하다가, 자연스럽게 같이 잠을 잤던 남자들에 대한 이야기를 하기 시작했어. 말을 알아듣는 사람이 없어서 우리는 큰 소리로 이야기하고 한껏 웃어댔지.

—근데 민영, 너도 남자를 좋아하는 거야?

어쩌다보니 그런 소리가 나와버렸어. 민영이 어깨를 으쓱거렸지.

—알면서 물어보는 거야? 난 아무래도 양성애자인 것 같아.

나는 가만히 탕 밖을 쳐다보면서 고개를 끄덕였지. 몸집이 큰

118

할머니 한 명이 고개를 숙인 채 서서 종아리를 밀고 있었지. 털이 하나도 남지 않은 할머니의 그곳이 내가 앉은 자리에서 훤히 들여다보였어.

—요조랑은 어때?

민영이 묘하게 웃었지.

—걔랑 안 한 지 오래됐어. 아 맞다. 한국 사람들이 이런 농담하는 거 알아? 부부는 가족이니까 섹스하면 안 된대. 가족끼리 그러는 거 아니라고.

—들어본 농담 중에 제일 끔찍하다. 너희가 그렇다고?

—아니. 그건 아니고.

나는 물속에 머리를 넣었다가 다시 꺼냈어. 머리카락이 가지런히 얼굴과 목을 따라 달라붙었지.

—요조랑 난 이제 애인이 아닌 것 같아.

민영은 가만히 나를 들여다봤어.

—언제부터?

—너 오기 훨씬 전부터.

—몰라서 미안해. 혹시 같이 있을 때 불편했던 거야?

—그런 얼굴 안 해도 돼. 관계가 끝났다는 게 아니라, 그냥 연인이 아니라고. 나 걔 좋아해.

목욕탕 안에 울려서 다시 들려오는 목소리는 내 것이 아닌 것 같았지.

## 2

다른 날보다 일찍 아침을 만들어야 해서 민영과 나는 저녁에 미리 장을 보러 갔지. 그동안 '요조는 자메이카에나 가봐야 하지 않을까?' 하며 시큰둥하던 민영도 막상 시험 전날이 되자 긴장을 한 눈치였어.

—요조는 원래 고기를 좋아하지?

민영이 국거리용으로 작게 잘린 소고기 앞에 서서 비장하게 물었어. 랩으로 감싼 붉은 살코기를 조심스럽게 만지작거리면서 말이야. 나는 갑자기 웃음이 터졌어. 고3 아들을 수험장으로 보내는 가족의 마음이 이럴까 싶었지. 우리는 결국 카트에 참치캔 하나를 담았지.

며칠 밤샘을 한 요조는 여덟시부터 잠을 잔다며 방으로 돌아갔어. 나는 그에게 아침을 먹으러 와달라고 부탁했지. 밥을 하기 위해서 민영과 나는 요조보다 더 일찍 일어나야 했어. 장 봐온 것들을 냉장고에 정리해 넣고 각자의 이불에 널브러졌지. 열어둔 창밖으로 비가 세차게 쏟아졌다가 잦아들길 반복하고 있었어. 나는 벽에 기대 누운 채 배 위에 노트북을 얹고 웹 서핑을 했지. 자꾸만 골목 건너편의 요조에게 신경이 쓰였어.

민영이 엎드려서 빵, 칼, 지하, 물컵 따위의 단어를 중얼거렸지. 민영은 노원구의 어느 작은 보습학원에서 면접을 볼 계획이었어. 그애와 제주도 여행을 함께했던 사람들 중 한 명이 본국으로 떠나면서 자기 자리에 민영을 추천해주기로 한 거야.

면접이 잡힌 뒤로 민영은 한글과 문법구조를 배우는 것은 제쳐두고 그저 단어와 간단한 문장 들을 외우기 시작했어. 학원에서 조금이라도 한국어를 할 줄 아는 사람을 구하는 것일까봐 걱정을 했지. 그애는 몇 개의 문장과 단어를 완전히 외우기는 했지만, 그 말들은 서로 이어지지 못하고 둥둥 떠다녔지. 한마디를 더 안다고 면접에 붙거나 떨어질 것 같지는 않았는데도, 민영은 열심이었어.

그애는 자꾸만 집에 있는 물건들을 가리켰어. 나는 이불, 책, 책장, 화장품, 그건 영어랑 똑같은데 light 빼고 그냥 스탠드, 하면서 그것들의 이름을 이야기해주었지.

─누구예요? 이제 뭐예요? 저제 뭐예요? 그제 뭐예요? 이제, 저제, 그제.

─민영. 이게. 저게. 그게. 이렇게 하는 거야. 이게 뭐예요?

그애의 발음은 또다시 미끄러졌지. 늘 어른스럽던 민영이 막 말을 떼기 시작한 어린아이처럼 느껴졌어. 진지한 표정으로 교재를 보던 민영이 어느덧 스르르 잠들었어. 나는 소리를 내지 않으려고 애쓰며 일어났지. 창을 닫고 불을 껐어. 그러곤 자리로 돌아가려는데 누군가 층계를 오르는 소리가 들렸어. 그 사람이 내 방 앞에서 잠시 서성거리는 걸 느낄 수 있었지.

문을 두드린 건 요조였어. 막 열두시가 지난 시간이었어. 그는 외출복을 챙겨입고 가방까지 메고 있더라고.

─여기서 자고 시험 보러 가도 되지?

요조가 현관에 우산을 털면서 말했어.

―응. 얼른 들어와.

나는 민영이 잠든 이불에 내 이불을 바짝 붙여 자리를 만들어주었어. 요조는 가방을 벗고 민영의 반대편에 누웠어. 그러더니 몸을 이불에 비비며 곧장 잠을 잘 자세를 잡더군.

둘 사이에 누웠지만 잠이 오지 않았어. 불을 켜지도, 휴대폰을 만지지도 못하고 가만히 누워 있었지. 양쪽에서 각자 다른 리듬으로 일정하게 숨을 쉬는 소리가 들렸어. 민영의 숨소리는 높고 가팔랐고, 요조는 좀더 깊고 길게 숨을 쉬었지. 나는 시소처럼 오가는 그 소리를 들으면서 어두운 천장을 응시했어.


요조와 민영, 내가 각기 맞춰둔 알람이 동시에 시끄럽게 울려댔어. 나는 화들짝 깨어났지. 겨우 두세 시간 남짓 잤던 것 같아. 민영이 일어나 베란다 문을 열었어. 비는 그쳐 있었지만, 밖은 여전히 어두웠지. 요조는 몸을 뒤척이며 밥이 다 될 때까지 좀더 자겠다고 하더군.

나는 민영을 도와서 애호박과 파프리카, 당근을 썰었어. 여전히 잠이 달아나질 않아서 뭘 하고 있는 건지 알 수가 없었지. 정말로 아슬아슬하게 손가락이 베일 뻔도 했어. 나는 속으로만 놀란 마음을 달랬지. 야채볶음밥을 다 만든 후에 민영의 몫을 덜고, 기름기를 꽉 짜낸 참치를 넣어서 좀더 볶았어. 선잠에 들었던 요조가 밥이 다 됐다는 소리에 금방 깨어났어.

우리는 탁자에 둘러앉았지. 요조는 가방에서 파일을 꺼내 자기가 쓴 글을 읽으면서 밥을 먹었어. 민영도 먼저 말을 꺼내질 않아서 숟가락이 그릇에 부딪히는 소리밖에는 들리지 않았지. 밥이 잘 넘어가지 않았어. 꾸역꾸역 숟가락을 들던 요조도 결국 밥을 남겼지.

그는 양치와 세수를 하고선 곧장 집을 나섰어. 열시까지 방송국에 도착하려면 빠듯할 터였지. 요조를 보내고 나서 곧장 다시 이불 속으로 기어들어갈 생각이었는데, 막상 그가 집을 나서자 잠이 모두 달아나버렸어. 민영과 나는 밥상도 치우지 않고 한참을 멍하니 앉아 있다가 청소를 시작했어.

상을 접기 위해 들어올렸을 때 요조가 두고 간 파일이 보였어. 그가 떠난 지 삼십 분쯤 지났을 때였지. 나는 파일을 넘겨보면서 그에게 전화를 걸었지. 시험에 대비해 쓴 에세이들인 것 같았지. 시험시간에 맞춰 연습을 했는지 매 장의 끝자락 한두 문단은 다른 부분에 비하면 심한 악필로 쓰여 있더군. 시간에 쫓기며 글을 썼을 요조의 모습이 선연했지.

─어디까지 갔어? 여기 파란색 파일 두고 갔는데.

─아 씨발. 진짜……

─버스 탔어? 택시 타고 터미널로 갈까?

─아…… 아니야. 상식 읽으면서 가야지 뭐.

─응. 그래. 마음 편하게 먹고.

─근데 너 그거 읽지 마.

요조는 마지막 말에 힘을 줬어.

민영과 나는 서울에 갈 준비를 했어. 우리는 며칠 전부터 시험을 끝마친 그를 데리고 종로에 놀러 갈 계획을 세웠거든. 카페에 가고 요조가 그러마 하면 함께 영화도 볼 생각이었지. 민영은 전에 함께 서울에 나갔던 날처럼 요조를 정신없게 해주자고 했어. 요조의 시험 때문에 떨리는 마음과 겹쳐져서 이상하리만치 들떴어. 나는 민소매 원피스를 골라 입고 화장을 했지.


3


요조는 우리의 연락을 받지 않았어.

그가 사라진 지 삼 일이 지났어. 비가 잦아들고 있다는 뉴스가 무색하게 고아의 도시에는 폭우가 계속됐어. 민영과 나는 하루에도 열 번씩 베란다로 나가 그의 창을 건너다봤어. 그 작은 창엔 불이 켜지지도, 어떤 기척이 일지도 않았지. 그의 창을 보는 잠깐 사이에도 베란다 안으로 비가 들이쳐 몸을 적셨어. 민영과 내가 벗어서 널어놓은 젖은 티셔츠들이 방바닥을 모두 차지했지.

우리가 할 수 있는 일은 거의 없었어. 계속해서 그에게 전화를 걸고, 메시지를 남기고, 요조의 지인들에게 연락을 해보는 것뿐이었지. 누구도 그의 연락을 받지 못했다고 했어. 도시를 쓸어내버릴 듯 내리는 비 때문에 우리는 장을 보러 갈 엄두도 내지 못하고, 맛이 없다며 찬장에 처박아두었던 '튀기지 않은 야채라면' 따위를 끓여먹었어. 그것이 다 떨어진 뒤엔 어쩔 수 없이 편의점에 뛰어가 단맛밖에는 나지 않는 빵과 우유 같은 걸 사와야 했지. 우산을 써도 집에 돌아오면 몸이 흠뻑 젖어 있었어. 민영과 나는 말

없이 각자 일을 하다가 문득 생각난 듯 요조의 행방에 대해 이야
기했지.

—어디 갔을까.

—그러게. 어딜 갔지.

때로는 내가 먼저, 때로는 민영이 먼저 꺼낸 그 이야기는 늘 한
마디도 더 이어지지 못한 채 멈췄어. 그런 대화를 나눈 뒤엔 언제
나 방 어딘가에 잠시 작은 알전구가 켜져 있다가 이내 팟! 하고
필라멘트가 끊어지는 듯한 느낌이 들었지. 그때마다 애써 잠재워
놓았던 마음이 쿵쿵 내려앉았어.

나는 그가 고향에 갔다고 생각하려 했어. 요조는 아주 가끔씩
취업을 하면 부모님과 화해하고 싶다고 얘기하곤 했으니까. 그런
생각을 하다보면, 정말로 그가 시험을 잘 봐서 그들을 만나러 갔
는지도 모르겠다는 생각이 들었어. 하지만 그렇다면 왜 우리에게
말해주지 않은 걸까. 책을 읽다가도, 웹툰 따위를 보다가도 그런
생각이 머릿속을 헤집어놓았지.

민영은 면접 때 입을 옷으로 내 까만 원피스를 골랐어. 내게는
조금 달라붙는 옷이었는데, 그애의 몸 위에서는 하늘하늘했지.
그 학원의 일과가 끝나는 시간에 맞춰 가야 해서 민영은 저녁이
다 되어서야 집을 나섰어. 서울에는 비가 오지 않는다고 했지만
고아의 도시를 벗어날 일이 걱정이었어. 민영이 내 장화에 발을
넣으면서, 이런 상황에 면접을 보러 가서 미안하다고 사과를 하
더군. 그애가 방을 나서자마자 꽉 닫아둔 이중창이 바람에 마구
흔들리는 소리가 났어. 나는 베란다로 나갔어. 쏟아붓는 듯 내리

는 비 때문에 흐릿한 유리창 사이로, 그애가 연신 우의를 여미면서도 씩씩하게 걸음을 내딛는 게 보였지.

민영은 우리가 요조를 데리러 서울에 다녀온 뒤로 확연히 말 수가 줄었어. 물어보지 않아도 화장실에 들어갈 때면 '샤워를 할 거야' '볼일만 볼 거야' '옷을 갈아입을 거야' 하며 알려주던 민영이었는데 말이야. 나는 물이 떨어지는 소리를 듣고서야 '민영이 할 때도 안 된 샤워를 하는구나' 하고 중얼거리는 나를 발견하고 깜짝깜짝 놀랐지. 아무런 대화도 없이, 상대가 생활하는 소리에 귀를 기울이는 그런 상황이 진절머리나도록 익숙하게 느껴졌어. 민영마저도 그렇게 만들어버린 게 모두 내 탓인 것처럼 느껴졌어.


그날 민영과 나는 방송국이 내다보이는 카페에 앉아서 요조를 기다렸어. 커다란 프랜차이즈 카페였는데 테이블들은 죄다 비어 있었어. 가끔 주변의 회사원들이 바쁜 걸음으로 들어왔다가 커피를 테이크아웃해서 나갔지. 점심시간이 지나자 그들마저도 뜸해졌어.

처음으로 요조가 전화를 받지 않았을 때는, 그가 아직 시험장에서 나오지 않았나보다 생각했고, 삼십 분을 더 기다린 다음엔 부재중전화가 찍혀 있는 걸 보지 못했나보다 생각해서 다시 전화를 걸었어. 그의 전화기는 여전히 꺼져 있었지. 민영과 나는 말없이 창을 바라봤어. 처음부터 그 문으로 나오는 요조를 볼 수 있으리라고 생각한 건 아니었어. 우리는 방송국에 있는 수많은 건물 중 어디에서 시험이 열리는지 몰랐고, 그러므로 그가 어느 출입구로 나올지도 알 수 없었으니까. 시간이 지날수록 굳이 방송국

앞까지 찾아와선 창가 자리에 앉아 그를 기다린 게 바보같이 느껴졌지. 내 기분을 풀어주려고 내내 웃던 민영의 얼굴 위에도 조금씩 무겁게 시간이 쌓였어. 신호가 바뀔 때마다 방송국과 카페 사이로 차들이 지나가면서 풍경마저 획획 지웠어. 두 시간쯤 더 기다린 후에야 우리는 카페에서 일어났지. 터덜터덜 지하철역으로 향했어.

—우리끼리라도 영화 볼까? 영화 끝나고 나오면 요조한테서 연락 와 있겠지.

민영이 나를 살피며 물었지.

—그냥 연락 피하는 거잖아. 몰라서 그래?

딱딱한 목소리가 흘러나왔어. 그럴 생각은 아니었는데 말이야. 민영은 정면을 향해 고개를 돌리고 혼자 걷기 시작했어. 민영이 어떤 식으로든 내게 화를 낸 건 그때가 처음이었지.


4


나는 텅 빈 방안을 몇 바퀴 걸었어. 그러다 책상에 앉았지. 민영이 가지런히 올려둔 요조의 파일을 펼쳐들었어. 열두 편의 에세이는 모두 요조와 내가 함께 이야기 나눈 적 있는 사회문제를 주제로 삼은 것이더군. 글씨체뿐만 아니라 내용 역시 시간에 쫓겨서 중심을 잃고 여기저기로 달아나고 있었지. 그런 시험에서 어떤 에세이를 써야 하는지 모르기는 나도 마찬가지였지만, 그

에세이로 수많은 수험생 중 단 한 명의 합격자가 되기는 힘들 것 같았어. 하지만 나는, 의미가 정확하지 않은 문장에서도 요조가 하려고 하는 이야기를 곧잘 읽어낼 수 있었지.

그중 몇 편에선 민영과 내가 또렷이 들여다보이기도 했어.


……우리 방송에서 입양아 문제를 다루는 시각은 예외를 찾아볼 수 없을 정도로 획일적이었다. 해외로 입양된 이들이 생부모를 찾아나서는 과정을 쫓거나, 그들이 어린 시절 겪은 인종차별과 정체성의 혼란에 대한 인터뷰를 그 내용으로 한다. 그 뒤에는 어김없이 '신생아 수출국' 따위의 자극적인 타이틀을 동원해 사생아의 증가와, 국내 입양과 해외 입양 수 비교자료를 제시한다. 실제 입양된 사람들의 이야기가 시청자들의 감성을 자극하고 집중을 유도하기 위해서 도구적으로 등장하는 것이다.

이러한 기획을 통해 다수의 시청자들이 해외 입양에 대해 가지게 된 편견이 있음은 분명해 보인다. 하지만 실제로 해외로 입양되어 자란 이들의 인생에 영향을 끼치는 것은 그들이 입양되었다는 사실보다 입양가정의 상황이라는 연구 결과가 있다. 그들 모두가 입양된 삶을 불행히 여기는 것도, 생부모를 찾으려는 시도를 하는 것도, 모국에 대한 애정을 가지고 있는 것도 아니다. 인종차별은 입양이 만들어낸 악영향이 아니라 아직도 서양사회에 만연하는, 개별적인 사회문제라는 것은 굳이 덧붙일 필요도 없다……

……텔레비전 다큐멘터리가 뉴스와 변별력을 가지려면 사회 변화 속에 숨어 있는 세대성의 의미를 제대로 읽어낼 필요가 있다.

가령 '1인 가구의 지속적인 증가'라는 뉴스를 주제로 잡아보자. 이것이 다큐멘터리가 되기 위해서는 1인 가구 증가의 주축, 즉 육십대 이상 노년층과 이삼십대 젊은이들의 고유한 세대성에 대해 이해할 필요가 있다. ……이때 통계화된 적 없는 사실이 드러난다. 십여 년 전만 하더라도 사회적 금기처럼 느껴지던 '동거'라는 단어를 지금의 대학생들은 숨기지 않고 사용한다. 성의식이 점차 개방되는 것 외에도 그들이 해결할 수 없는 경제적 문제를 '동거'라는 현실적인 대안으로 풀어낸 것이라는 이해관계가 그 세대 사이에 형성되어 있기 때문이다……

5

가만히 누워서 민영을 기다렸어. 빗속에 버스가 지나가는 소리가 날 때마다 쫑긋대며 귀를 기울였지. 하지만 버스는 매번 정류장에 멈춰 서지 않고 그대로 플라타너스 길을 빠져나갔어. 단 한 방울도 남기지 않겠다는 듯 끊임없이 쏟아지는 빗소리가 무서웠어. 이대로 누구도 돌아오지 않고 나는 고아의 도시와 함께 물에 잠겨서 사라질 것만 같았어. 자꾸만 커다란 플라타너스 잎들이 하수도를 모두 막고, 그 위로 물이 차오르는 장면이 떠올랐어.

어쩌면 신고를 하는 게 나을지도 모르겠다는 생각이 들었어.

내내 눌러두었던, 요조가 어디선가 나쁜 마음을 먹고 있을 거라는 예감이 걷잡을 수 없이 커졌어. 나는 휴대폰을 손에 쥔 채 가쁜 숨을 몰아쉬었지. 결국 난생처음으로 그 번호를 눌러보았어.

전화를 받은 사람은 중년 여자였어. 그녀는 먼저 요조의 나이를 묻고, 나와의 관계도 물었지. 나는 약간 긴장한 채로 대답했지. 그녀는 요조가 성인인데다가, 나는 그의 가족이 아니기 때문에 실종신고를 할 수는 없다고 했어. 물론 나도 이전에 어디선가 그런 법률에 대한 이야기를 들은 적은 있었어. 그래도 나는 그녀에게 우리만의 상황에 대해 설명하려고 했어. 그는 가족들과 연락을 하지 않고 있고, 나는 그의 동거인이라고 말이야. 그것만으론 충분치 않은 것 같아서, 그가 아주 어려운 상황을 겪고 나서 입사 시험을 본 뒤에 연락이 되지 않는 거라고 덧붙였어. 조리 있게 말을 하려고 할수록 점점 내가 그녀에게 어리광을 피우는 것처럼 느껴졌어. 그녀가 어려운 상황이요? 하고 되물었어. 나는 어떻게 하더라도 그녀에게 이곳, 고아의 도시의 분위기와 우리가 보낸 봄을 설명할 수 없다는 걸 깨달았어. 내가 대답하지 않자, 건너편의 그녀가 딱딱한 말투로 계십니까? 하고 말했지. 나는 요조가 심한 우울증에 걸려 있다가 입사시험을 본 거라고 되풀이해 말했어. 그녀가 그러니까, 자살 위험이 있다는 거죠? 라고 물었어. 나는 어쩔 수 없이 네, 하고 자신 없는 말투로 답했어. 그녀는 뒤늦게 미안한 목소리를 내며 그래도 신고는 어렵다고 하더군.

민영은 막차를 타고 돌아왔지. 그애는 학원에서 확답을 들었다며 웃어 보였지만, 머리카락이 가닥가닥 젖어서 실연을 당한 여자처럼 어딘가 청승맞아 보였어. 그애가 서울에서 사온 샌드위치로 늦은 저녁을 차렸지. 우리는 각기 접시를 들고 느릿느릿 차가운 빵을 먹었어.

—어땠어?

—한국어 같은 건 필요도 없었어. 선생들도 학원 안에서는 한국어를 안 쓴대.

—응. 잘됐네.

—그래도 조금은 배우려고.

민영이 말했지.

나는 접시 두 개뿐인 설거지를 오랫동안 했어. 눈물이 싱크대 속으로 조용히 떨어졌지. 결국엔 흐느끼는 소리를 내고 말았지. 민영이 다가와서 내 어깨를 안았어.

—우리 요조네 방에 한번 가보자. 뭐라도 있을지 모르잖아.


6


나는 설마하며 고시원 현관에 설치된 도어록에 1234를 눌렀어. 그건 일 년 전에 요조가 알려준 비밀번호였거든. 네 음절의 경쾌한 소리가 나며 문이 열렸어. 민영이 나를 따라서 고시원으로 들어섰지. 우리는 출입구에 비치된 낡은 실내용 슬리퍼를 꿰어신었어. 형광등이 나간데다, 계단 어디에도 창이 없어서 아무것도 보이지 않을 만큼 어두웠어. 나는 휴대폰 손전등을 켰어. 시멘트 계단 구석에 한 움큼씩 먼지가 쌓여 있었어. 요조는 고시원에 총무를 두지는 않지만 주인이 일주일에 한두 번 와서 청소를 한다고 말했는데 말이야.

요조는 언젠가부터 나를 고시원으로 들이지 않았어. 지난겨울이 시작될 무렵에도 그는 나를 찬바람이 부는 골목에 세워두고 혼자서 겨울옷 상자를 날랐지. 그의 방에 마지막으로 갔던 건 거의 일 년 전의 일이었어. 그때 우리는 밤새 같이 있고 싶다고 말하는 걸 어려워했지. 내 방에서 함께 한참이나 이야기를 나누다가, 그를 고시원으로 데려다준 다음, 거기에 앉아 또 이야기를 시작하는 식이었지. 우리는 밤새 골목을 오가곤 했어.

민영과 나는 휴대폰 손전등으로 발밑을 비춰가며 계단을 올랐지. 계단과 삼층 실내를 연결하는 곳에 문이 하나 더 있었는데, 잠금장치가 부서져 있었어. 가운데 오래된 여관의 카운터처럼 동그랗게 유리창이 난 총무실이 있고, 그 양쪽으로 복도가 나 있었지. 요조의 방은 오른쪽 복도 끝에 있었어. 민영과 나는 그쪽으로 걸어갔어. 시멘트 바닥과 우리가 신은 슬리퍼가 서로 쓸리는 소리가 났지. 복도 어디에서도 텔레비전이나 몸을 뒤척이는 작은 소리도, 샴푸 냄새나 음식 냄새, 혹은 사람의 살냄새 같은 것도 전혀 나질 않았어. 그저 오직 물에 젖어 축축해진 먼지 냄새 같은 것만이 났어. 오래전에 버려진 곳 같았지. 나는 그 복도를 걸으며 양쪽으로 난 방들은 물론, 그 안쪽 요조의 방도 비어 있을 것이라고 예감했어.

나는 요조의 방 문고리를 돌려보았지. 그는 그걸 잠그지도 않았더군. 문은 한 사람이 겨우 지나갈 만큼밖에 열리지 않았어. 반동을 줘서 몇 번 흔들어봐도 단단하고 무거운 어떤 것에 부딪히기만 했어. 나는 문틈으로 몸을 밀어넣었어. 매트리스가 발에 걸렸지. 나는 그것을 딛고 올라섰어. 발치에 아렴풋한 온기가 닿았어. 나는 재빨리 벽을 더듬어 스위치를 찾았어. 쨍한 파란빛의 형광등에 놀라 요조가 부스스 몸을 일으켰어. 문틈으로 안쪽을 들여다보던 민영이 놀라 악 소리를 질렀지. 나는 멍하게 발밑에 누운 요조를 내려다봤어. 그가 눈이 부신 듯 얼굴을 찌푸렸지.

나는 언제부터 마음속으로 그 방의 크기를 야금야금 늘리고 있었을까. 내가 짐을 부탁하면 요조는 아무 말 없이 그것을 챙겨가곤 했는데. 책상 위엔 겨울이불이며 전기장판, 요조와 나의 옷이 든 박스, 오십여 권의 책 따위가 당장이라도 매트리스 쪽으로 쓰러질 듯 쌓여 있었어. 그것들이 전지 크기로 난 창문을 막고 있었지. 방문을 막은 건 바닥에 놓인 회전식 온풍기며 또다른 박스들이었어. 나는 미친 사람처럼 그 박스들을 열어보았어.

그 안에 든 건 모두 내 물건들이었지. 고향을 떠나며 악착같이 챙겨왔던 것들. 어릴 적 친구들과 주고받은 편지, 졸업앨범, 초등학생 시절 문방구에서 산 액세서리가 든 보석함, 요조를 만나기 전 허전함에 못 이겨 아르바이트비를 받기 무섭게 사모았던 가죽가방과 신발 들, 토이카메라, 다시는 펼쳐볼 일 없는 비싼 회화집 따위였어. 나는 그만 매트리스 위에 주저앉았지.

—너희 방에 가도 되냐. 여기선 왠지 잠이 잘 안 와.

요조가 잠꼬대를 하듯 말했어.

# 하나님의 사랑을 받는 여자의 딸로 사는 건 힘들어*

## 1

나는 혼자 남았지. 서늘한 바람이 불자 고아의 도시가 놀란 듯 깨어났어. 아이들이 다시 부모의 차를 타고, 새 가을옷과 깨끗하게 빨아서 말린 솜이불을 들고 도시로 돌아왔어. 그들의 건강한 발소리가 미처 잠을 떨치지 못한 학교 건물, 도서관, 운동장, 편의점과 자취방 구석구석을 흔들었지. 그들은 곳곳에서 서로 마주 보고 서서 매끈한 표정과 말투로 인사를 했어. 지난 학기 내내 서로를 갉아먹던 패배감을 말끔하게 지운 얼굴로 말이야.

학기가 시작되었지만 나는 학교에 가지 않았어. 대신 이렇게 이제는 에어컨을 틀지 않아도 서늘한 방에 앉아서 노트북을 들여다보고 있어. 창밖에서 낯선 아이들의 목소리가 들려올 때마

---

* Puer Kim, ⟨It's hard to be a daughter of a woman loved by god⟩.

다 우리가 함께 보낸 여름의 고아의 도시가 조금씩 물 아래로 잠겨 사라지는 듯했어. 나는 기억을 붙들고 단숨에 우리가 이 도시를 온통 우리 것처럼 누비던 날들의 이야기를 써내려가고 싶었지.

　그런데 역시나 나는 아무 말도 쓸 수가 없었어. 나는 자신이 없었어. 요조와 민영의 얼굴을 일그러지게 그려넣고 그들의 말을 시들게 해서, 그들조차도 그 이야기를 알아보지 못하게 만들 것만 같았어. 종일 커서를 바라보다가 배가 고파질 때면 천천히 일어나 민영이 하던 대로 음식을 만들었지. 그들과 밥을 먹던 시간들을 간절히 생각하는 저녁이면 민영이나 요조에게서 메시지가 왔어. 그 메시지들이 아주 멀리서 보내오는 신호 같다는 걸 모른 척하면, 이야기를 나누는 동안은 꽤 다정한 기분이 되곤 했어.

2

　요조와 나는 민영이 방을 구하는 것을 도와주었어. 그애가 얼마나 씩씩하게 세계를 돌아다녔건 간에, 자취라면 우리가 선배였으니까 말이야. 복비를 아끼려고 부동산 직거래 사이트에서 방을 골랐지. 민영의 아버지가 보내준 보증금은 별로 큰 액수가 아니었어. 노원의 학원가에서 가까운 방 중 지하를 후보에서 빼자, 남은 건 옥탑뿐이었지. 자취를 십 년 가까이 한 요조는 사진만 보고도 방의 크기를 대충 짚어냈어.

재개발되지 않은, 깊고 조용한 동네였지. 그런데 막상 가서 보니 우리가 고른 옥탑은 컨테이너로 지은 가건물이더군. 방이 좁은 건 그렇다 치더라도 건물 바깥쪽에 붙은 화장실은 상태가 좀 심하다 싶었어. 샤워기는커녕 세면대조차 없었고 하나뿐인 수도 꼭지 앞에 쪼그려앉으면 변기에 코가 닿을 듯 좁았지. 주방에 놓인 싱크대의 서랍도 군데군데 습기에 부식되어 있었고 말이야. 요조는 그곳에서 겨울을 나면 난방비가 월세보다 더 많이 나올 거라고 말했어. 나도 그애를 말렸지. 하지만 햇볕 쬐는 걸 좋아하는 민영은 넓은 옥상을 마음에 들어했어. 다른 건물들보다 높아서 조망만큼은 좋기도 했지.

주인아줌마는 옥상에 기르는 배추며 방울토마토 따위를 가리키며 말했어.

—다른 때는 올라올 일 없고, 이불 빨래 널거나 이것 때문에 한번씩 올라오는데 괜찮죠?

나는 민영에게 통역을 해주었어. 민영이 당연하다는 듯 고개를 끄덕였지. 아줌마는 눈을 커다랗게 뜨고 그애를 보았어. 그러곤 왠지 소곤거리는 투로 내게 물었지.

—한국어를 전혀 못해요?

—거의 못해요.

—그럼 할 얘기 있을 때 어떻게 해요?

—저한테 연락 주시면 돼요.

아줌마는 휴대폰에 내 연락처를 받아적으면서도 연신 곤란하다는 얘기를 중얼거렸어. 요조와 내가 아줌마의 마음이 바뀔까봐 설명을 늘어놓는 동안, 민영은 옥상 한 귀퉁이에 쪼그리고 앉아서 검붉은 고무화분을 들여다보고 있었지.

―저도 옆에 뭐 길러도 돼요?

민영이 물었어.

요조는 계약서를 쓰기 직전까지 변기의 물을 내려보고 모든 문들이 잘 열리고 닫히는지 확인을 했지. 그가 나를 만난 뒤로 어른 같이 행동한 몇 안 되는 순간이었지. 학원에서 민영의 비자문제를 해결해주는 데 시간이 걸려서 계약 역시 내 이름으로 해두어야 했어. 계약서 중 한 장을 챙긴 아줌마가 그때까지도 어딘가 미적지근한 표정으로, 언제 이사를 할 거냐고 물었지. 민영은 오늘이요, 하며 메고 온 배낭을 손으로 가리켰어.

냉장고와 세탁기, 매트리스 따위는 전에 그 방에 살던 사람에게서 헐값에 얻었어. 민영이 가방을 풀어 물건을 꺼내놓았지만 여전히 빈방이나 다름없어 보였지. 당분간 침낭에서 자면서 차차 준비하겠다는 민영을 데리고 근처의 대형마트로 갔어. 우리는 삼층 생활용품 코너에서 물건들을 골라넣었어. 당장 필요한 것만 사자고 했지만 카트는 금세 가득차버렸지. 이불과 베개, 그릇과 머그컵과 수저 한 쌍, 냄비 겸용으로 쓸 만한 깊은 프라이팬과, 세탁세제, 샴푸나 치약 같은 욕실용품, 멀티탭과 빨래건조대를 모두 가장 저렴한 것들로만 골라 담았어. 화장실을 청소하기 위해 곰팡이용 세제와 솔도 샀어. 민영은 놀란 얼굴이었어.

—이게 다 필요해?

—이것만 필요하게?

내가 말했지.

나는 내 방에서 쓰지 않는 물건들을 골라서 그애에게 보내주기로 약속했어. 요조의 고시원에서 가져온 내 물건들이 여전히 방을 가득 채우고 있었거든. 더이상 필요하지 않은 여분 이불도 말이야. 우리는 마지막으로 지하층에서 요리할 거리들을 좀 샀지. 계산은 요조가 했어.

—월급 나오자마자 갚아라.

요조가 민영을 노려보며 말했고, 민영이 웃으며 고개를 끄덕였지.


화장실 청소를 마친 요조와 나는 평상에 자리를 잡고 앉았지. 민영이 요리를 하러 방안으로 들어갔어. 옥상을 두리번거리던 요조가 벌떡 일어나서 주인아줌마의 고추를 따기 시작했어. 다 자라지 않은 것들도 우악스럽게 뜯어냈지. 난간 아래를 내려다보던 나는 뒤늦게 그걸 알아채고 말리려 했지만 이미 상황은 끝난 뒤였지. 요조가 고추를 가지고 방안으로 들어갔어. 민영은 음식을 만들다 말고 뛰어나왔어. 그애는 고추를 다시 화분 위에 놓을 수도 없어 안절부절못했지.

—어차피 이제 여기 다 네 땅이야. 네가 돈 내는데. 웃기는 아줌마네.

요조가 말했어.

우리는 맥주를 마시면서 민영의 스파게티를 먹었지. 언제나 소금이나 후추를 조금만 더 넣으면 어떨까 생각을 하게 하던 그 스파게티도 마지막이라 생각하니 아쉬웠어. 어느덧 저녁이면 시원한 바람이 불어오는 날씨였어.

―너도 이제 '내어줄 소파도 하나 없는 방'을 갖게 됐네. 축하해.

내가 민영에게 말했어. 민영은 말없이 웃었지.

난간 아래로 넓게 주택가가 펼쳐져 있었어. 모두 저녁 불빛을 켜고 있었지. 고아의 도시와는 다르게 아주 환한 곳이었어. 민영이 그런 곳에서 시작하게 되어서 다행이라고 생각했어. 게다가 혼자서 자취에 필요한 물건들을 샀던 나와는 달리, 그애에겐 우리가 있었으니까. 생각했던 것처럼 마음이 무겁지는 않았지.

요조는 전에 다니던 학교로 돌아가게 되었지. 대학원에 다니며 조교를 하는 그의 동기가 요조를 행정실 직원으로 추천해줬거든. 그는 결국 제자리인데다가 후배들 보기도 쪽팔린다며 투덜거렸어. 요조는 일 년 더 피디 시험 준비를 해보기로 했어. 어쩌면 다 때려치우고 자메이카나 갈까 한다면서 여전히 속에도 없는 소리를 늘어놓긴 했지만 말이야.

우리는 그날 밤 술에 취해서, 언젠가 함께 전셋집을 얻자고 약속했어. 보증금을 한데 모으고, 각기 돈을 벌 때쯤이면 그럴 수 있을 거라면서 말이야. 자기 공간을 가질 수 있게 작은 방이 세 개 있고 또 소파를 놓을 거실이 있으면 좋겠다고 했어. '카우치 서핑'에 집을 등록해서 여행자들에게 소파를 내어주자고 했지. 나는 취기가 오른 와중에도, 나나 요조, 민영의 입에서 나오는 그 이야기를 다 믿지는 않았어. 하지만 그것대로 좋았어.

3

어느 날 냉장고를 열었을 때, 요조와 민영이 떠나기 전 함께 먹다 남은 맥주가 눈에 보이더군. 나는 그걸 꺼내 들었어. 페트병엔 겨우 한 잔도 되지 않을 듯한 맥주가 남아 있었지. 왜 버리지 않고 굳이 넣어두었나 싶은 생각이 들었어. 나는 무심결에 그걸 병째로 입에 가져갔어. 오래되어 김이 빠져 있었지. 요조와 먹던 맥주의 맛이 떠올랐어. 요조는 늘 새 맥주를 사와선, 냉장고에 넣어둔 오래된 맥주를 섞어 마시곤 했거든. 나는 김이 빠진 맥주를 부끄럼 없이 나눠 먹을 사람을 또 만난다고 해도 언제나 요조를 떠올리게 될 것 같아. 나는 언제까지나 미국 산티아고 위성도시의 방식으로 볶음밥을 만들 것 같아. 그럴 것 같아서 한참을 냉장고 앞에 서 있었던 거야.

나는 처음으로 남겨지는 사람이 되었어. 태어날 때부터 살던 집에 아빠를 남겨놓았고, D시에 엄마와 오빠를 남겨두었고, 고등학교를 졸업하며 할머니를 혼자 남겨두었는데 말이야. 돌이켜보면 나는 별로 뒤를 돌아보지 않는 사람이었지. 그런데 남겨지고 나니 떠난 사람들밖엔 생각할 수 없더라고. 내가 보는 모든 자리에 그들이 앉거나 섰던 그림자들이 놓여 있더라고.

# 4

노트북의 텅 빈 한글창을 바라보는 일이 지겨워질 때마다, 고등학생 때부터 쓴 글을 한 편씩 읽었지. 아빠에 대한, 오빠에 대한, 할머니에 대한, 늘 물건을 부수며 싸우던 옆집 부부에 대한 소설과 민영을 잘 알지 못하던 시절에 쓴 소설을 말이야. 그 소설들은 모두 마치 다른 사람이 쓴 것처럼 생경하게 느껴졌어. 나는 어쩌면 그 사람들을 모두 내 몸에서 떼어내서 그토록 냉정할 수 있었을까. 요조에 대한 이야기를 완성하지 못했던 건 그때 내가 그를 너무 좋아했기 때문일까.

나는 자꾸만 방을 닦았어. 아침에 닦아두어도 저녁이 되면 다시 몇 올씩 머리카락이 눈에 띄었지. 나는 곧장 걸레를 빨아왔어. 닦아놓은 방바닥에선 비냄새가 났어. 나는 젖은 장판이 마를 때까지 가만히 그 위에 누워 있었어. 축축한 먼지 냄새가 입자로 떠오르는 동안 우리가 함께 보낸 여름이 느껴졌어.

잠깐 사이에 보송보송하게 마른 바닥에서 아쉬운 마음으로 일어났을 때, 나는 이미 알고 있었던, 잠시 잊어버렸던 사실을 아주 난데없이 떠올리듯이 깨달았어. 그 소설들에 등장하지 않는 한 사람이 있다는 걸 말이야. 나는 멍하니 장판을 어루만졌지.

그건 당신이었어.

D시 아파트에 아직도 그게 있을까? 나는 그날 처음으로 조회시간에 단상에 올라갔어. 당신은 모르겠지만, 전국 중학생 공모

전에서 상을 받은 적이 있었거든. 나는 학원에 가는 대신 곧장 집으로 돌아왔어. 그러곤 상장을 종이가방에 납작하게 넣어, 드레스룸 가장 안쪽 장롱 아래로 밀어넣었어. 나는 당신이 병원에 데려갔던 오빠와 함께 집에 들어서는 걸 보며 생각했어. 언젠가 직업으로 글을 쓰는 사람이 되면 그걸 당신에게 비밀로 하겠다고. 그때 어렸던 난, 당신이 혼자 서점에 가서 내가 쓴 책을 사고, 내가 겪은 일들과 내가 만난 사람들의 이야기를 텅 빈 소파에 앉아서 읽고, 바뀌어버린 내 전화번호를 찾지 못해 울음을 터뜨리는 순간을 상상했어.

그후로도 나는 당신에게 글을 보여준 적이 없었지. 고등학생이 되어 여러 공모전에서 상을 받았을 때도 당신에게 자랑한 적은 없었어. 나는 다만, 늘 당신이 D시의 집에서 내 이야기를 읽을 그 순간에 대해 생각하곤 했어.

그런데 당신은 이제 어디로 갔을까. 떠올랐을까, 가라앉았을까, 흘러가는 걸까, 입자들로 흩어지는 느낌일까, 단단하고 투명하게 모아지는 느낌일까. 그건 어떤 색의, 어떤 모양의, 어떤 냄새의, 어떤 온도의 세계일까. 그게 아니면, 당신이 늘 핸드백에 넣어 다니던 성경에 나오는 곳으로 당신은 가 있을까. 나는 언제나 내가 또래보다 빨리 생의 비밀들을 알아차렸다고 자만하며 자라왔는데, 당신이 있는 곳만은 떠올릴 수가 없었던 거야.

그날 밤, 나는 요조와 민영에게 번갈아 전화를 하면서 울었어. 그건 슬픔과 알 수 없는 묘한 희열이 뒤섞인 울음이었지. 그들은 묵묵히 내 이야기를 오랫동안 들어주었어.

나는 다시 책상 앞에 앉았지. 나는 처음으로 당신에게 먼저 전화를 걸었어. 머릿속에 소파를 하나 그려넣고, 당신을 거기에 앉혔지. 아주 오랫동안 호흡을 가다듬었어. 다른 사람들이 쉽게 그러듯이. 그동안 일어났던 이야기를 시시콜콜 늘어놓고, 수화기 건너편에서 당신이 듣고 있다는 걸 알려주기 위해 내는 작은 감탄사들에 귀를 기울이는 마음으로……

나는 매일 여기에 앉아서 조금씩 글을 써내려왔어. 어쩐지 매일 밤 깨어 있다 싶었는데 정신을 차리고 보니 나는 매일 동이 틀 녘에서야 잠에 들고, 저녁에 깨어나서 다시 당신을 생각하며 글을 쓰는 생활을 하고 있더군. 그사이 계절이 한번 더 바뀌었어.

나는 이제 당신에게 마지막 인사를 하고 D시로 가는 기차를 타러 갈 거야. 내가 놓아두고 온 것들의 뒷모습을 다시 천천히 바라봐야 할 것 같아. 지금 노트북을 끌어안고 앉은 내 옆에는 이미 꾸려둔 배낭이 놓여 있지. 창밖으로 아침이 밝아오고 있어. 어쩌면 그곳에서 단서를 찾을지도 몰라. 당신이 어디서 내 이야기를 듣고 있는지 상상할 수 있을 때까지, 긴 여행이 될 것 같은 예감이야.

그럼, 잘 지내. ■

## 수상 소감


내가 쓰는 모든 비유가 무력하게 느껴지는 순간이 있다. 가령 너무 많이 사랑하는 것에 대해 고백을 해야 할 때. 첫사랑에게 보냈던 연애편지처럼, 이 고백 또한 한없이 순진하고 단순해질 것이라는 예감이다.

한동안 글을 쓰지 못했다. 매일 밤 머리맡에서 별의 그것처럼 무기력이 폭발했다. 파편들을 이불처럼 덮고 내내 진득하고 깊은 잠을 잤다. '애들이 뭘 안다고 글을 쓰겠어?' 무심한 사람들의 말이 자주 꿈속까지 따라왔다.

이불을 걷어차고 배낭을 멨다. 낯선 곳을 홀로 헤매다 하나의 비밀을 알게 되었다. '그날의 사랑은 그날에만 있다.' 미루어둔 감정은 영영 가라앉아버리거나 전혀 다른 모양으로 일그러져 알아볼 수 없게 되었다. 상대를 얻기 위해서가 아니라, 내 마음을 괴물로 만들지 않기 위해서 매일 열심히 사랑해야 하는 것이었다. 매일 열심히 써야 하는 것이었다.

돌아와선 '그날의 문장은 그날에만 쓸 수 있다'고 바꿔 쓰고 다시 책상 앞에 앉았다. 무심한 사람들의 말이 맞았다. 나는 어리고 나는 뭘 모른다. 하지만 사랑을 말하고 글을 쓰는 과정 속에서만 한 가지씩 비밀을 알게 된다. 좋은 문장을 쓴 날보다 비밀을 새로 알게 된 날 밤에 더 단정하고 아름다운 꿈을 꿨다.

멋모르는 소설을 뽑아주신 건 문장 사이사이에 숨겨둔 그런 마음을 알아봐주셨기 때문일 거라 생각한다. 진심으로 감사드리며 앞으로도 겁 없이 사랑하고 쓰겠다고 다짐한다.

작가가 되고 싶다는 막내를 단 한 번도 의심스럽게 바라보지 않으셨던 엄마, 아버지, 오빠, 글쓰기의 방식이 아니라 눈과 마음의 사용법을 알려주셨던 선생님들께 앞으로 수없이 더 전해야 할 감사를 드린다. 늘 유쾌한 JJ, 성장의 일기를 함께 나누었던 고양예고, 명지대 친구들, 나의 친자매 수현, 진선, 아정, 내게 한 세계를 열어 보여주었던 그와 끼니를 챙겨먹듯 마주 앉아 글을 써온 람에게도 인사를 전한다.

# 심사평

**김미월**(소설가)

정지향씨의 『초록 가죽소파 표류기』는 심사위원 전원이 본심을 시작하기에 앞서 이미 조심스럽게 수상을 점쳐두고 있던 작품이다. 한마디로 지금 이 시대 대학생이 쓸 수 있는 성장소설의 모범답안 같은 작품이라고 할까. 작가는 이 소설에 사랑과 우정, 가족 간의 갈등, 진로 모색, 정체성의 혼란 등 이 시대 대학생이 할 법한 고민 대부분을 담았고 그것들을 정교한 플롯과 다양한 에피소드를 통해 매우 설득력 있게 전개했다. 이는 작가가 서사를 장악하고 있기 때문에 가능한 것이다. 세 명의 주요 등장인물에게 각각의 고유한 캐릭터를 부여해주고 그것을 작품의 처음부터 끝까지 효과적으로 유지한 점, 잠깐 스쳐 지나가는 인물이나 사소한 에피소드 중 어느 것 하나도 허투루 쓰지 않고 주제를 향해 나아

가게 한 빈틈없는 구성력도 높이 사고 싶다. 또한 이 작가는 좋은 소설이 이야기의 집인 동시에 언어의 집이기도 하다는 점을 본능적으로 알고 있는 듯하다. 그만큼 한 문장 한 문장 공을 들였다는 점에도 신뢰가 갔다.

이미 읽은 작품보다 앞으로 읽게 될 새 작품이 더욱 기대된다는 말로 이 지면에서 미처 다 하지 못한 상찬과 격려를 대신하려 한다. 온 진심으로 수상을 축하드린다.


**신수정**(문학평론가)


갈수록 대학사회에서 문학이 설 자리가 줄어들고 있다. 한때 대학가 문학도들의 영광의 대상이었던 각 대학의 문학상이 점차 사라지고 있을 뿐만 아니라 인문학의 쇠퇴와 더불어 문학 교양 강좌의 수도 줄어들었으며 각종 문학 동호회, 즉 문학 서클의 존재감도 미약해진 느낌이다. 말하자면, 대학 지성의 총체적 상징으로서의 문학의 위상을 이야기하기가 상당히 멋쩍어져버린 셈이다. '문학동네'가 이러한 현실에 반기를 들며 대학사회에서의 문학의 위상을 제고하고자 '대학소설상'을 제정한다고 했을 때, 반가운 마음 한편으로 과연 이 상이 현실적으로 가능할 것인가 걱정했던 것은 바로 이러한 우려 때문이었다. 그러나 결과적으로 이번 심사를 통해 대학사회의 저변에 흐르는 문학에 대한 열정, 자신을 표현하고 드러내고자 하는 젊음 특유의 궁극적인 갈망은 영원할 수밖에 없을 것이라는 점을 확인할 수 있었다. 당대의 문학을 가능하게 하는 것은 바로 이런 종류의 무정형의 욕망이라는 것을 믿어 의심치 않는다.

이번 심사는 일찌감치 그 결과가 예견되었다. 정지향씨의 응모작인 『초록 가죽소파 표류기』의 완성도가 워낙 뛰어났기 때문이다. 서울로의 캠퍼스 이전이 확정된 지방 대학가 자취촌을 배경으로 세 남녀의 사랑과 이별, 사회로의 진입 실패와 재능에 대한 회의, 가족 해체의 현실과 고독한 성장의 양상을 재현하는 이 작품의 솜씨는 범상치 않았다. '표류기'라는 제목에서 보이는 대로 이 소설은 세 남녀의 사회로의 입사과정을 그리고 있는 일종의 성장소설이다. 성장소설의 패턴이 그러하듯 이들은 각종의 시련에 무방비로 노출되며 그 과정에서 우리 사회가 이십대 청춘을 어떻게 처우하고 있는지 온몸으로 경험하게 된다. 이 과정을 통해 그들이 '어른'이 되는 것은 당연하다. 그런데 재미있는 것은 이 소설이 이 전형적인 패턴을 인용하면서 살짝살짝 비트는 방식이다. 이 소설은 '표류'의 과정 속에 드러나는 '현실'에 눈감지 않으면서도 그 현실이 강요하는 사회로의 '굴욕적인' 입사 역시 거부한다. '고아의 도시'에서 온 이 청춘들은 사회로 나아가되 '자신들만의 방식'으로 그렇게 한다. 방송국 취직을 꿈꾸던 남자는 필기 시험장에서 사라지며, '카우치 서퍼'를 자처하던 입양아는 잠깐 동안의 안착을 결정하고, 언어를 잃어버린 화자인 '나'는 소설을 쓰게 된다. 그리고 마침내 화해할 수 없었던 '엄마'와 대면한다. 그러고 보면 이 소설이야말로 가장 고전적인 의미에서의 예술가

소설이라고 할 수 있지 않을까. 그 전형적인 패턴에 당대의 현장 감각을 불어넣는 이 응모자의 서늘하고 우수 어린 현대적 감수성을 높이 평가하지 않을 수 없었다. 과거와 현재가 행복하게 화합하는 한 양상을 보여주었다고 할 만하다.

당선자에게 무한한 축하를 보낸다.


**조연정(문학평론가)**

문학동네에서 대학소설상을 만든다는 소식을 들었을 때 사실 고개를 갸우뚱했다. 신인을 대상으로 하는 장편소설상이 이미 다수 마련되어 있고, 신춘문예를 비롯한 각종 신인 공모에서도 문예창작과의 재학생들이 여러모로 두각을 나타내고 있는 상황에서 대학소설상이 어떤 역할을 할 수 있을지 궁금했던 것이다. '대학'이라는 어휘가 이미 우리 사회에서 설렘과 낭만, 혹은 열정과 패기의 대명사로서 그 특권을 얼마간 박탈당했다는 사실도 이런 느낌에 한몫했다. 하지만 곰곰 생각해보면 문학상이라는 단어 앞에 어떤 수식어가 붙든 수상작을 선별해내는 판단의 기준이 크게 달라진 적은 별로 없었던 듯하다. 읽는 사람 각자의 취향에 따라 좋은 소설을 판별해내는 기준이 조금씩 달라지긴 해도 언제나 절대적으로 좋은 소설은 있기 마련이니 말이다. 이는 이번 심사에서도 확인된 바이다.

왠지 모르게 제목에 눈이 가 아껴두었던 『초록 가죽소파 표류기』를 마지막으로 읽고 소설을 쓴 응모자에 대한 호기심이 처음으로 생겼던 것 같다. 지방의 예술대학을 배경으로 하는 이 소설의 가장 큰 매력은 인물과 설정에서는 물론 문장에서도 작위적인 부분을 거의 찾을 수 없다는 점이다. 구어체의 어미로 일관하면서 다소간 피로감을 주기도 했지만, 이 작품이 보여준 매끄러운 자연스러움은 소설쓰기에 관한 응모자의 진지한 열정과 그간의 노력은 물론 앞으로 증명될 재능마저 보여주는 듯했다.

정지향씨의 『초록 가죽소파 표류기』는 서울 끝자락으로 학교 이전이 확정된 이후 '고아의 도시'가 되어버린 지방의 대학가를 배경으로 한다. 요조라는 이름의 선배와 동거하는 '나'에게 인도 여행중에 알게 된 친구 민영이 찾아오면서 이야기가 시작된다. 제각각의 이유로 가족과 단절된 채 조금은 외롭게, 또 조금은 무기력하게 이십대를 보내고 있는 이 세 명의 인물들은 새로운 관계에 금세 적응해간다. 이 작품이 취한 설정들이 어쩐지 익숙하게 느껴질 법도 하지만 작품을 읽어가다보면 문학 전공 대학생들의 무기력과 쇠락한 지방 예대의 풍경이 어우러지면서 우리 시대의 문학이 처한 사정들까지 환기되고, 결국 이 작품이 가볍게 읽힐 수만은 없다는 사실을 확인하게 된다. 민영의 등장으로 인해 요조와 '나' 사이에 미세한 균열이 생기는 지점도 매우 흥미롭게 읽힌다. 물론 두드러지는 단점들도 있다. '나'와 요조가 입양아 민영과 주로 영어로 대화함에도 불구하고 너무나 자연스럽게 깊은 대화가 이루어지고 있는 모습은 어쩐지 어색하다. '나'의 소설쓰기가 결국 가족으로부터의 상처를 보상받기 위한 행위였다는 설

정도 조금 식상하고 이러한 사정이 소설의 마지막에 이르러 갑작스럽게 제시되고 있다는 점도 아쉽다. 다행히 이러한 단점들이 이 소설이 보여주는 자연스러움의 미덕을 해칠 정도로 치명적이지는 않았다. 심각한 고민 없이 이 작품을 수상작으로 결정할 수 있어서 흐뭇했다.

언제나 그랬듯 수상작은 단 한 편뿐이다. 수상한 정지향씨에게 기쁜 마음으로 축하의 인사를 건넨다. 아깝게 수상하지 못한 응모자들에게도 이번의 경험이 자신의 장점을 즐겁게 확인한 기회가 된 것이라면 좋겠다. 남이 알아챈 나의 단점은 이미 내가 알고 있는 것인 경우가 많다. 하지만 의외로 내가 지닌 장점은 내 눈에 잘 안 보이기 마련이다. 수상하지 못한 응모자들의 매력이 조만간 더 많은 사람들에게 멋지게 읽히기를 바란다.

# 맞아요? 맞아요!

김미월(소설가)

"오늘 심사는 오 분 만에 끝날 것 같아요."

본심이 시작되기 전에 심사위원 한 사람이 내기를 해도 좋다는 듯 확신에 찬 어조로 말했다. 나를 포함한 나머지 심사위원 두 사람은 에이 설마요, 하는 표정으로 응수했다. 과연 심사는 오 분 만에 끝나지 않았다. 정확히 이 분 십오 초 만에 끝났다. 그러니까 컵라면이 채 익지도 않을 시간이었다.

"초록 가죽소파 표류기요."

"초록 가죽소파 표류기."

"초록 가죽소파 표류기입니다."

심사위원 전원의 의견이 완벽하게 일치했던 것이다. 그러니 그 자리는 심사를 하기 위해 모였다기보다 어째서 『초록 가죽소파 표류기』가 수상작이 될 수밖에 없는지 서로 확인해보기 위해 모인 자리에 더 가까웠다.

수상작이 확정된 후 수상자의 인적 사항을 확인했다. 명지대학교 문예창작과 학생, 정지향.

"네? 정지향이라고요?"

그 자리에 모여 있던 눈들이 일제히 나를 주시했다.

"정지향 학생을 알아요?"

"아니, 저, 그게, 동명이인일 수도 있는데……"

말은 그렇게 했지만 나는 속으로 동명이인일 거라고 생각하지 않았다. 세상에 일어나지 못할 일은 없지만, 그렇게 단정하고 섬세한 시선으로 작가 자신과 자신이 바라보는 세계 사이의 간극을 포착해내고, 그것을 그토록 차분하고 조밀한 언어로 묘파해내는 두 사람이 같은 하늘 아래 같은 이름을 가지고 살아갈 확률은 거의 없다고 생각했다.

정지향. 그것은 2008년 이후 내 뇌리 어딘가에 고이 깃들어 있던 이름이었다. 문학동네 청소년 잡지 『풋,』에 실린 그의 단편소설을 읽고 반해서 그것을 쓴 청소년이 대체 누구인가 유심히 들여다보았던 기억이 육 년 세월을 거슬러 눈앞에 또렷이 떠올랐다. 내가 흥분한 어조로 어쩌면 이 정지향이 그 정지향일 수도 있지 않을까요, 하고 운을 떼자 다들 2008년에 고등학생이었던 이라면 응모 당시인 2013년에 대학교 몇 학년쯤일지 재빨리 계산을 하더니 입을 모아 결론을 내렸다.

"그럼 수상자 인터뷰는 김미월 선생님이 하면 되겠네요!"

아뿔싸. 이야기가 뭔가 예기치 않은 방향으로 흘러간다는 사실에 놀라는 한편 나는 이 정지향이 그 정지향임을 어서 빨리 확인하고 싶은 마음에 좌불안석이 되었다.

수상자에게 수상 소식을 전하며 그를 심사 자리로 불렀고, 마침내 정지향이 우리 앞에 모습을 드러냈다.

아니, 글도 잘 쓰는 학생이 눈에 띄게 예쁘기까지 하네?

그에 대한 나의 첫인상은 그러했다. 정지향이 수줍게 웃으며 사무실 안으로 한쪽 발을 들이밀기 무섭게 다들 그에게 축하 인사를 건네느라 바빴다. 나는 축하 인사 하랴, 그 와중에 2008년 『풋,』에 단편소설을 실은 적이 있지 않느냐, 혹시 그 소설 내용이 염색에 대한 거 아니냐, 어쩌고저쩌고 질문까지 던지랴, 남들보다 조금 더 바빴다.

"맞아요?"

"맞아요."

아, 기대했던 답을 듣는 순간 안도감이 솟았다. 그때 그 문학 소녀가 육 년 만에 이렇게 전도유망한 문학청년으로 성장했구나, 한 번으로도 족한데 몇 년 세월을 사이에 두고 두 번이나 마음에 쏙 드는 작품을 써낸 드물게 미더운 작가가 이렇게 내 눈앞에 있구나, 싶었다.

인터뷰는 서면으로 진행했다. 정지향에게 개인적으로 궁금한 것이 많았지만 독자들이, 좀더 구체적으로 말하면 또래 대학생들, 작가 지망생들이 가장 알고 싶어할 것이라 생각되는 기본적인 사항들을 물었다.

당선 통지 전화를 받았을 때 느낌이 어땠습니까?

—심사 시기가 지난 것 같아서, 떨어졌다고 생각을 하고 있었는데도, 그즈음에 모르는 번호로 오는 모든 전화를 약간 긴장한 채 받았던 것 같아요. 몇 번이나 카드사나, 택배기사님 목소리에 실망을 해야 했어요. 그즈음엔 더이상 기대하지 말자고 생각했거든요. 그 전화도 그런 마음으로 받았는데, 건너편에서 거짓말처럼 '문학동네'라고 말씀하시는 거예요.

그렇게 기다리던 전화였는데 처음에는 당선이 된 건지도 몰랐어요. 전화를 주신 분이 '가까운 곳에 있으면 우리 같이 밥을 먹자'고만 말씀하셨거든요. 그때는 당선이 됐다고는 믿을 수가 없어서 '그냥 밥만 같이 먹자는 건가? 좋아해도 되는 건가?' 그런 생각이 두서없이 들었어요. 우왕좌왕하면서 겉옷을 챙겨입고, 택시를 타고 심사가 있었던 곳으로 갔죠. 승강기에서 내리자 모여 계시던 선생님들께서 모두 저를 보면서 웃어주시더라고요. 그제야 제가 상을 받게 됐다는 걸 알게 됐어요.

여러 선생님들과 함께 식사를 하고 돌아와서도 실감은 나지 않았어요. 다음날엔, 그래오던 대로 주말 아르바이트를 하러 집 앞 피시방에 갔어요. 머릿속으로 계속 지난밤의 일을 생각하면서 멍하게 컵라면을 끓이고 키보드를 닦았지요.


**수상작 『초록 가죽소파 표류기』를 집필하게 된 계기가 있나요?**

—제 또래가 실제로 겪고 있는 가족 문제, 진로에 대한 고민, 관계의 서툶, 그런 평범한 것들을 담았다고 생각해요. 이 소설의

에피소드는 모두 만들어진 것들이지만, 등장인물들이 직면한 문제들은 모두 대학에 온 뒤 저나, 저와 가장 가까운 친구들이 고민하던 것에서 출발했어요.

이 작품을 완성하기까지 얼마나 오래 걸렸나요?
—작년 초에 써두었던 단편을 토대로 쓴 소설이에요. 학교를 다니면서 쓸 자신도 없었고, 미뤘다가는 언제 쓸지 모르겠다는 생각이 들어서 급히 휴학을 했어요. 9월부터 11월까지, 세 달 정도 집중해서 썼어요. 마지막 한 달은 자고 일어나서 밥을 먹고 카페에 나와서 글을 쓰다가, 자취방으로 돌아가서 쓴 부분을 고치길 반복했어요. 한 달 내내 만난 사람이라고는 늘 같이 습작을 하는 친구밖에 없었죠.

고교생 시절 이미 『풋』을 통해 문재를 선보였는데 소설가가 원래 꿈이었나요?
—작가가 되고 싶다는 마음은 어릴 때부터 있었던 것 같아요. 습작을 시작한 건 고등학교 일학년 때부터였는데, 그땐 왠지 몰래 글을 써야 할 것 같았어요. 그때 다니던 인문계 고등학교의 분위기도 그랬고, 부모님의 기대도 전혀 다른 곳을 향하고 있었으니까요.
야자를 끝내고 집에 돌아와서, 부모님이 다 잠들 때를 기다렸다가 컴퓨터를 켰어요. 한번은 밤 내내 키보드 소리가 들렸다며 아버지께 크게 혼난 적도 있었죠. 그렇게 조금씩 쓴 단편소설이

다행히도 한 고교생 공모전에 이등으로 당선되었어요. 그걸 계기로 부모님께 문창과에 가고 싶다는 말씀을 드렸고, 좀더 당당하게(?) 습작을 할 수 있었어요. 『풋,』에 실린 글도 그때 쓴 소설이었고요. 그후에 좀더 많은 친구들과 함께 글을 써보고 싶은 마음에, 혼자 일산으로 올라와 예술고로 편입을 했습니다.

**소설가 외에 꿈꾸어온 것이 있다면 무엇인가요?**
―공상을 많이 하는 편이어서 '이런 것이 되어보면 어떨까?' '이런 것도 될 수 있을까?' 하고 생각해보기는 하지만, 작가 외에 어떤 것이 되고 싶다고 진지하게 생각해본 적은 없는 것 같아요.

대학에 온 뒤 한동안은 마음을 못 잡았어요. '백일장 키드'로 고등학교 시절을 보냈고, 두세 시간 안에 그날의 시제에 맞춰 짧은 글을 쓰는 훈련에 익숙해져 있었거든요. 당시에는 나름대로 열심히 하고 있다고 생각했는데, 지나고 나니 제가 썼던 글은 모두 그저 입시를 위한 것들뿐이었어요.

대학 문창과에 입학했을 땐 내가 어떤 소설을 쓰고 싶은지, 쓸 수 있는지 알 수가 없었어요. 매일 고민을 거듭하다보니 소설을 쓰는 일이 고문이 됐어요. 에라 모르겠다는 마음으로 스무 살답게 열심히 놀았는데 마음은 편하지 않았어요. 주변에서 일어나는 일이나, 내 안에 있는 이야기들을 표현하고 싶기는 한데, 그게 마음대로 되지 않아 고역이었죠.

그래서 차라리 아예 다른 걸 해보자 싶어서, '백일장 키드'라는 제목의 자전적인 단편 다큐멘터리를 만들었어요. 작가를 꿈꾸지만 당장은 입시를 위해 백일장 키드로 살아가는 고등학생들을 인터뷰하고, 전국 곳곳에서 열리는 백일장에 참가하는 아이들의 모습을 카메라에 담았어요. 타자가 되어 그 시절을 돌아보며 정리하는 느낌이었죠.

삼십 분짜리 영화였는데, 서툰 솜씨로 영상을 볼 법하게 편집하는 데 거의 육 개월이 걸렸어요. 운이 좋게도 한 영화제에 초청이 되어서 스크린으로 그 영화를 볼 수 있었어요. 극장을 나서자, 이상하게도, '영화를 더 만들어볼까?'가 아니라 '자 이제 정말 열심히 소설을 쓰자' 하는 생각이 들었죠.

글쓰는 것 외에 평소 취미가 있나요?
—취미라고 할 수 있을지 모르겠지만 여행 가는 걸 좋아해요. 스무 살 겨울에 배낭여행을 다녀온 뒤로, 매해 아르바이트를 해서 모은 돈으로 인도, 태국, 싱가포르, 말레이시아 그리고 제주에 가서 짧게는 이 주, 길게는 두 달씩 머물렀죠. 혼자 여행을 가면 외롭다는 생각이 많이 들었는데도, 평소에 고민하던 문제들이 단정한 답으로 돌아오곤 했어요.

평소에도 혼자 잘 지내는 편이에요. 서점이나 영화관에 가기도 하고, 날씨가 좋으면 많이 걸어다녀요. 상경한 지 칠 년 차인데도 서울엔 낯선 데가 너무 많아요. 여행을 안 가도, 여행 와 있는 기분이 들 때가 있어요. 자취방에 혼자 있는 시간에는 SNS도 열심히 하고, 영화나 다큐멘터리, 토크쇼 같은 것들을 내려받아 봐요.

물론 친한 친구들과 카페에 앉아서 종일 수다를 떨 때도 있고,

서넛쯤 함께 술을 마시는 자리도 좋아해요.

원래는 위의 질문들에 덧붙여 '앞으로 어떤 작품을 쓰고 싶습니까?' 항목이 하나 더 있었다. 그런데 묻지 않았다. 물어볼 필요가 없을 것 같아서였다. 우리는 정지향이 앞으로 어떤 작품을 쓰는지 지켜보게 될 것이다. 그럼으로써 결국 그가 어떤 작품을 쓰고 싶어했는지, 쓰고 싶어한 것과 막상 써버린 작품이 일치하지 않을 때 무엇을 얻고 무엇을 잃으며, 그것들이 일치할 때 또한 무엇을 배우고 무엇을 버리게 되는지, 그것들을 깨달으면서 한 젊은 작가가 어떻게 더 큰 작가로 발돋움해가는지 그 과정을 지켜보게 될 것이다. 그러니 나는 하려다 만 그 질문의 답을 정지향의 입이 아니라 그가 앞으로 계속 내놓을 다음 작품들을 통해 들으련다.

문득 궁금해진다. 앞으로 다시 육 년 후, 정지향은 어떻게 변해 있을까. 얼마큼 더 성장해 있을까. 그때는 또 어떤 방식으로 나를, 아니, 이번에는 2014년의 정지향을 뇌리에 담아둔 모든 독자들을 놀라게 할 것인가. 육 년 후에 다시 하게 될지 모를 또다른 인터뷰를 혼자 상상해본다.

"맞아요?"

"맞아요."

문학동네 장편소설
초록 가죽소파 표류기
ⓒ 정지향 2014

1판 1쇄  2014년 7월 4일
1판 3쇄  2015년 2월 5일

지은이  정지향
펴낸이  강병선
책임편집  유성원 | 편집  김내리 조연주
디자인  김현우 유현아
마케팅  정민호 나해진 이동엽 김철민
온라인마케팅  김희숙 김상만 한수진 이천희
제작  강신은 김동욱 임현식 | 제작처  영신사

펴낸곳  (주)문학동네
출판등록  1993년 10월 22일 제406-2003-000045호
주소  413-120 경기도 파주시 회동길 210
전자우편  editor@munhak.com | 대표전화  031) 955-8888 | 팩스  031) 955-8855
문의전화  031) 955-3576(마케팅)  031) 955-8864(편집)
문학동네카페  http://cafe.naver.com/mhdn | 트위터  @munhakdongne

ISBN  978-89-546-2476-3 03810

www.munhak.com